Miss *爱+时光

我还来不及让她看到我真正的相貌

她已经喜欢上了别人，

我似乎只剩下祝福这件事可做……

一爱就上瘾

页司比 著

海峡出版发行集团 | 海峡文艺出版社
THE STRAITS PUBLISHING & DISTRIBUTING GROUP | Haixia Literature & Art Publishing House

图书在版编目（CIP）数据

一爱就上瘾 /页司比著. —福州:海峡文艺出版社，2012.12

ISBN 978-7-80719-932-8

Ⅰ.①一… Ⅱ.①页… Ⅲ.①言情小说－中国－当代 Ⅳ. ①I247.5

中国版本图书馆CIP数据核字（2012）第278212号

一爱就上瘾

作　　者 页司比
总 策 划 贺鹏飞
策　　划 陈绍敏
责任编辑 王顿顿
特约编辑 李仁成
出版发行 海峡出版发行集团
海峡文艺出版社
经　　销 福建新华发行（集团）有限责任公司
社　　址 福州市东水路76号14层 **邮编** 350001
发 行 部 0591-87536797
印　　刷 三河市祥达印装厂
印厂厂址 河北省三河市杨庄镇杨庄村 **邮编** 065299
开　　本 640毫米×960毫米 1/16
字　　数 100千字
印　　张 13
版　　次 2013年1月 第1版
印　　次 2013年1月 第1次印刷
书　　号 ISBN 978-7-80719-932-8
定　　价 23.80元

如发现印装质量问题，请寄承印厂调换

目　录

Chapter 1

早知道，在村落的全黏福利店铺，就该买下整箱的时光倒转药水。

所有的错，就让我罗修南一肩扛起。

我不该在夜幕低垂时，和风人族的盟友埋伏于《终极英雄传》里的锡淡披立斯森林，与邪恶到极致的妖兽族进行惊天地泣鬼神的生死大战。

这一战非同小可，双方死伤惨重，遍野都是碎裂尸骨，泥沼之地，早被鲜血染红，众多挂掉的菜鸟幽魂，全都挤到墓地抽号码牌，等待投胎重生。

我们这群正义之师，总算赢得胜利。盟友都向我道贺，说我天纵英明、领导有方，是自由的灯塔、民族的长城。而我沉浸于这场战役的无上光荣，直到公鸡在宿舍外练嗓子，才悠悠睡去。

醒来，瞥见了闹钟时针与分针的排列形状，我猛然大叫，顶着满头稻草般的发型，随便穿了衬衫、牛仔裤、凉鞋，就往宿舍外冲去。

“糟了！今天是她的毕业典礼，现在都下午1点了，不知道她还在不在？”我使劲儿狂奔，不时用手把头发拨齐，多么希望可以发挥在《终极英雄传》里学会的凌波微步，能够缩短宿舍到礼堂所花费的时间。

总算，在“轻功”的精神支援下，不到10分钟，我跑到了礼堂口。但一看那场面，我就知道错过了。周遭的水泥地和草地上，丢满了鲜花、毕业生名条、包装纸、彩带，它们应该都和主人共享过拿到毕业证书那一刻的喜悦，如今只能与我懊悔的眼神相逢。

此时我仿佛变成铜像呆立不动，脑海中想到了《终极英雄传》里那个全黏福利店铺，什么都卖，什么都不奇怪。像神奇的时光倒转药水，一瓶就能让战斗场景向前回溯10分钟。这10分钟非同小可，足以修正任何致命错误，只可惜它非常昂贵，除非是钞票满满的玩家，才能尽情购买。

“如果我买下一箱，换现在能倒转5小时前，不知道有多好！”我感叹着。

算了！要当个真正的终极英雄，我自己承担全部的责任吧！女朋友李晴璇在C大法律系以第一名毕业，是件了不起的事情，我竟然睡过头，没有亲眼目睹她上台领奖的荣耀，我不是猪头是什么呢？

现在只能亡羊补牢。我走进礼堂，希望她还会等我，我可以给她个爱的拥抱，甚至下跪赔不是，怎么做都可以，只求她能原谅我。

可惜的是，我的希望落空了，礼堂空荡荡，只有一排排孤独的铁椅，站在里面的高等生物，除了我以外，就只剩扫地的阿伯。

“你要找人吗？毕业典礼11点半就结束喽！”阿伯看到我，大声地说。

“我不是要找人的，我是个地质学家，听说这里地下有石油，所以来勘探，老伯你可不要告诉别人哟！要是挖到的话，我们可以二一添作五。”虽然有些无奈，不过我还是发挥了平常闲扯的本事。

“你还真会说笑啊！我扫地扫了30年，还第一次听到这件事。”阿伯大笑着说。

不过，我自己笑不出来，只能拖着蜗牛般的脚步，慢慢走出礼堂。

“对了，你是不是读化学系，而女朋友读法律系？你女朋友非常漂亮，还当过大学小姐？”阿伯在我背后问着，把我震慑住了，我连忙回头。

“阿伯真是消息灵通啊！”我对这位长老佩服得五体投地。

“今天在典礼上，很多人都谈到她。她在台上领奖，长得又高又漂亮，而且还流眼泪，大家都会注意到的啦！”

“是哦！她哭了吗？”在我印象中，李晴璇是个活泼开朗的女生，我几乎很少见过她哭。

阿伯点点头，我感到心中一阵酸苦，错过她的毕业典礼，真的是非常严重的事。我不禁想着，她是因为拿到第一名而哭，还是因我没来而哭呢？

我脑筋变得清醒不少，记得她说过，法律系中午会在一家饭店庆祝，我应该还有机会见到她。

于是，我又冲回宿舍，梳理整齐，换上更干净的衣服。这时，我才注意到手机刚才没带出去，里面多了几个未接来电，是她打来的，而且，还有一条短信写了庆祝的饭店地址。

飙车飙得非常急，过了十几分钟，我总算冲到女友所说的那家饭店。我一个厅一个厅地找，总算找到了她，她正和同学嬉闹，席间笑声不断。

不过，当她看到我后，脸色变得冷漠，旁边的人也停止说笑，大家都用仇恨的眼光看我，气候仿佛立刻从热带降温到北极。

“你终于来了！还以为你会等到明年你自己毕业才会出现！”

她话中带刺，但我想，她应该被我刺伤得更重。

“对不起！我睡过头了，错过你拿奖的时刻。”我低声说。

“我们去外面说吧！”李晴璇站起身，径自往厅外走去。

我觉得事情有点不对劲儿，往常就算她对我生气，她和我走在一起时，都还会挽我的手。但现在，我想要靠近她，她会巧妙地往另一边移，不让我碰。我只好保持距离，跟着她走到外面。

“老实说，你是不是在玩《终极英雄传》一直玩到早上，所以爬不起来？”李晴璇不满地问我。

我实在不好意思说实话，只能低头以对。

“我都不知道该怎么说了！在你的生活里，你总是把游戏看得比女人还重要。每次你迟到、放我鸽子，你的理由都一样，都是要在中土世界，由你率领的风人族，联合另外两族，组成光明联盟，然后去打黑暗联盟，然后两边就打来打去。

“要是你这么喜欢待在中土世界里，那就请你自己在那里找个全新的女朋友吧！”李晴璇还是满脸怒容。

“全新的女朋友？什么意思？”我急忙问。难道？李晴璇想要……

“我就说明白一点吧！虽然我很不想这样说——我们还是分手吧！对你、对我都好。”

果不其然，她说出我最不想听到的话。

“南，我很喜欢你，但都是过去式了。”

李晴璇喜欢称呼我单名，但今天，我只听到一次，竟然是在这个难堪的时刻。

“璇，我……”我想握住李晴璇的手，但她躲开了。

“你还是回去吧！我真的不想再看到你了。这样，你就可以继续回去打怪升级。”李晴璇没等我回应，自己慢慢走回厅内，融入了那片笑声之中。

我再一次成铜像，站在原地不动。突然觉得脸上湿湿的，本以为是天花板漏水，但抬头看，头顶上没有滴水。

漏水的，是我的眼睛。

大三下学期，李晴璇离开我。每当午夜梦回，总会想到她毕业典礼那天的场景，一波又一波的悔恨，不断扑向我。

为了弥补心中的创伤，我继续在《终极英雄传》里冲杀，享受不断征服的成就感。

而我的等级也持续上升，想当初，大一的时候，我只不过是个5级的菜鸟，如今，我冲到了90级，可说是至尊级的表现。但我谦冲自牧、绝不自满，我要奋发向上，为这片壮丽国度的和平而努力。

不过，我也得留意一下学业。明明读到化学系大四，别的同学都已考完毕业考，在6月快乐地高唱骊歌，捧漂亮的鲜花，穿着学士服和家人来个温馨大合照，而我只能在大礼堂外转圈圈，因为我大三有两科要重修。

好险！大四的毕业考，我也低分通过，只要“有机化学”和“分析化学”顺利过关，我就可以拿到毕业证书，只不过毕业时间会晚一些。

7月初，室友都打道回府，仅剩我一个人镇守这片壮阔瑰丽、带有史诗色彩的中土世界。

一张有点生锈的上铺铁床，是我的“补血”睡眠处，而拥挤的下铺，就是我“练功”的地方。书桌、衣柜、电脑、椅子，虽然脏兮兮、乱糟糟，简直可以当垃圾山，但也陪我南征北战了4年。我相信，不过是简单的两科，我一定可以骑汗血宝马过这两关。

记得今天是公布成绩的日子，我登上化学系网站，登录学号和身份证号，我迫不及待地找成绩。

有机化学：55分

有没有看错？怎么可能？我预估有65分的啊！

另一科分数，把我打进黑暗深渊。

分析化学：50分

我冷汗直流，突然觉得，宿舍内开始下雪。

大事不妙了！

我这学期的学分总共是15个学分，大四的7个学分，都已经拿到了，就剩下各4个学分的“有机化学”和“分析化学”。可是，这两科竟然挂掉，拿不到一半以上的学分，就要退学了。

从来都没有这么紧张过，即使在《终极英雄传》里，面临失血过多、即将重练的情况，我仍旧气定神闲。

但是，已经读到大四下学期了，竟然还会退学，连毕业证书都拿不到！何止是一个惨字了得？

我一直瞪着电脑屏幕，觉得自己碰到了冰系魔法，身体冻得无法动弹。“55分”和“50分”，如果这两个分数值可以靠打怪来增加，相信问题都能迎刃而解。只可惜现在是真实人生，我得清醒，得面对残酷的打击。

实在不知道该怎么办，只好在网上乱逛，而我忍不住点了李晴璇的网络日志来看。

点进去后，发现她交了新的男朋友，许多篇文章都是她和他共度甜蜜时光的内容，而且有不少是她写给他的情书。

至于相册也是如此，几乎全是两人紧密相拥的照片；有的还加上密码，我试图登录，才发现她密码改了，不是我所熟知的。

更惨的是，过往我和她的照片，全都被她删掉了。日志里也不曾提到我，仿佛我就是个可以随意删除的文件，不曾在她心里留下印记。

要怪她吗？只能怪自己没有好好珍惜，一直沉迷《终极英雄传》。不但女友和别人跑了，连学业也守不住，面对天大的危机，我得冷静下来才行。

无奈之下，我再度打开化学系网站，愣了几分钟，突然间，我灵光一闪，对自己打气：或许可以试试这个方法。

下午我跑到系办公室，里面只有一个高瘦帅哥在玩接龙，我慢慢走近。这家伙叫崔明宇，IQ 超过 180，从小一直跳级，一路跳到美国麻省理工学院，读两年就毕业，各花一年拿到硕士和博士文凭。

若非他爸和系主任是旧识，他才懒得回来当助教。真希望他不是助教，这样我就不用忍受他的趾高气扬。

真是了不起，22 岁就有博士学位，还当上助教。而我虽然年纪比崔明宇大，还得向他低声下气。

这只能怪自己资质驽钝，考高中重考，读高中留级，考大学重考，大学快毕业了还有科目要重修。现在已经 26 岁，却连大学毕业证书都还没拿到，我和他就像牙线棒比狼牙棒——真是天差地别。

“助教大人，可以请你帮个忙吗？”我恭敬地说着。

“嘿嘿！你是要说你被退学的事吗？”崔明宇头也不抬地说。

“你怎么会知道？”

“你知道为什么你会被退学吗？”崔明宇总算抬头瞄了我一眼。

“这个……是因为……”我有点迟疑，“啊！对了，就是助教在考前的重点摘要，我可能上课抄错了，难怪考试时这些题目感觉都有点陌生。”

“你自己承认吧！你每天都在玩《终极英雄传》，从大一到大四，每天都玩很久，玩不用钱，对不对？”

崔明宇像是我的背后灵，竟然句句都说中了。

“其实我玩得很少，玩很花钱的。”我感到有点心虚。

接着，崔明宇把一些 A4 纸拿给我。

我发现上面写着宿舍房间号码、床位、IP、连线时间、连线网站、服务器名称。

那个宿舍房间号码，看起来还挺熟悉的。

等等！这不就是我的吗？

“你自己看，你每天只要在宿舍就是上网，一上网，就是挂在《终极英雄传》里，你有时间看书吗？到大四了，结果还被退学，不觉得很丢脸吗？”崔明宇摇摇头。

这家伙从小到大一帆风顺，说话目中无人，我得忍耐忍耐。

“是的，是的，我很丢脸。”我低声说。

“你进来时说要找我帮忙，事实上，你不来找我，学校也会要我来找你。”

“为什么学校会要你来找我？”

“你想毕业吧？”

“当然！当然！”听到“毕业”两个字，我眼睛一亮。

“那简单，学校最近成立了一个‘非常网戒班’，就是要让人完全戒掉沉迷网络的习惯。

“而你是校园内上网时间最多的，再加上你又被退学，毫无疑问，一定要参加。若通过测验，就可以拿到毕业证书。要不然，你现在就准备去当兵了。”

“是哦！”

“这是你唯一的机会，赶快去吧！啾咪！”崔明宇故意装可爱，对我眨眼嘟嘴，地面瞬间脏兮兮的，因为多了不少我的鸡皮疙瘩。

“你说的那个‘非常网戒班’在哪里？什么时候要去？”

非常网戒班？这是什么鬼啊！我堂堂一个“终极英雄”，竟然沦落到如此地步，真是悲哀啊！

晚上回到宿舍，心情低沉。我真的太大意了，竟然重修的科目都没有办法过关。该怎么办呢？女友跑掉就算了，连毕业证书都拿不到，就像那个死助教说的，真的是丢脸。

而手机铃声响起，让我压力更大，老爸的电话不能不接。

“你考得怎么样？”老爸质疑的语气，让我不太敢说实话。

“当然是会过的啦！大四的毕业考成绩已经出来了，都及格了。不过，我大三的科目，最近那个教授要出国开会，所以考试成绩会晚点公布。但是您放心，我一定会拿到毕业证书的。”我镇定地说。

“你最好能拿到，你也老大不小了，和你同年纪的早就毕业、当兵退伍了，哪像你整天游手好闲，都不知道在做什么，你自己要好好反省。”

Chapter 2

晚上，我骑着自行车乱逛，在一家 7-11 停下，准备买些东西当晚餐，但书报区似乎有庞大的磁力，把我的身体直接吸过去。

关键就是这本《终极英雄传加值攻略本》，它被透明纯净的胶膜包住，没有办法翻阅，不过我早就倒背如流。我宿舍里就有一本，它可是我居家旅游的好伴侣，还买了不少送给盟友，让大家启迪心灵。

7-11 里面很挤，我旁边有几位穿中学制服的男生，人手一本，和我手上摸的那本相同。他们眼中闪耀的光芒、稚气的脸庞上所无法掩饰的热情，让我看到国家未来的希望。玩《终极英雄传》的小孩绝对不会变坏，顶多被退学而已，就像我这样。

“对不起！请让一让！对不起！请让一让！”我后方传出了一个女生的声音。

从落地窗的反射镜像来看，她是女生没错，绿色格子衬衫加粉红碎花洋裙，脚上一双白色布鞋，搭配风格纯朴简单。嗯！这只是我的官方形容。

事实上，我觉得她很拙，让我想到乡土剧里常出现的可怜悲情小媳妇。要不然，她有可能是穿越小说的大粉丝，看得太多，然后出现特异功能，直接从民国时期穿越到本世纪。

更神奇的是，我竟然看不到女生的头！

难道阿飘（鬼）出现了吗？真后悔没有找记者来采访，然后，“妈！我在这里啦！我上电视喽！”这句就能派上用场。

其实，这不过是误会，她双手捧着碗装泡面，大概想盖 101 大楼，碗碗相连到天边。也难怪她的脸会消失，全都让泡面碗给挡住了。

她在拥挤的通道上，吃力地拖着脚步，侧着身子往柜台那边前进。我和一群高中生，都尽量将身子往前移，挪出行动的空间给这个看不见脸的女生。看她有点发抖的手，真替她感到紧张。

也许我太乌鸦嘴，当她好不容易走到柜台前，竟然砰的一声摔倒。她刚好压在几碗泡面上面，碗扭曲变形，泡面已粉身碎骨，残骸从碗盖缝隙中流出。女生的脸，我总算看清楚了，她戴着厚厚的黑框眼镜，长得很秀气，但头上却是猪哥亮的招牌——马桶发型。

我不忍心笑她，因为她正揉着眼睛哭。

这辈子我怕的东西不少，其中之一就是女生哭。即使对方是错的，只要人家哭我就没辙，所有该讨回的公道，都会因为女生的眼泪，统统都变成河蟹水中游。但现在，我大概知道她为什么哭，有可能是痛，有可能是委屈，也有可能是不知道这场面该怎么收拾。

我赶紧走过去将她扶起，她虽然站着，却一直低头哭。一位男店员也过来了，他脸色不是很好看，但还是保持专业的态度，用扫把收拾那些泡面。

“不要紧的，今天我刚好毕业，拿到了奖金。这些泡面，我请你吧！”我大概疯了，竟然编这个理由来安慰她。

女生还是站在柜台前哭，完全没理会我。我突然想到，也许她是聋子，能说话，但听不到。后头还有一堆人排队，大家都用厌恶的眼光看她，刚才那位店员动作很快，已经把地面清理好了，但他大概也没有办法立刻摆平女生的哭泣。

“不好意思，刚才她弄翻的，我可以赔钱。”我豪气地说着。

“没关系，你还是可以购买同样的产品的。”女店员很有礼貌。

我明白她的意思，就是仍然要出钱。

“那可不可以先给我几张餐巾纸？”我伸手。

接过女店员递来的餐巾纸，二话不说，我赶快擦干净女生的眼泪。不等她反应，我抓了她的手，快速走到泡面区，不要让她在柜台前当人形路障。

失误似乎是一种传染病，刚才是女生，现在轮到我。

泡面区突然变成溜冰场，我展现零分的技巧，狼狈地向后摔倒。还好我反应快，只让背部和屁股接触地面，而我脖子迅速向上仰，没有让宝贵的头壳摔着，不然变成脑震荡就麻烦了。但是，我的手正牵着女生，我一跌，连带让她也倒下。

庆幸的是，她前一次是压得泡面变形，这回则是趴在我身上。应该没有皮肉伤，而她的嘴唇，不偏不倚，正好被我的嘴唇碰上。

温暖滑嫩的感觉，立刻攻入我的脑神经。熟悉的感觉出现，我仿佛喝下时光倒转药水，回到4年前。

当时，我是个C大新生，乔装成记者，要去参加《终极英雄传》的发布会。不过一到现场，发现地方跑错了，四周都是南无阿弥陀佛的乐声，原来是灵骨塔展览会。

“先生，要不要看看我们的产品呢？送礼自用两相宜……”我正想溜走，但一位高高的长发美女堵住我。

不过，长发美女步子太急，一下就撞到我身上，还亲到我嘴上。我赶快把她扶起，再擦擦自己嘴巴，我可不想这么早就搬家到塔里住。

“对不起！”长发美女向我道歉。

“没关系啦！我之前住兰若寺时，晚上也有个漂亮美女撞在我身上，后来她被一个舌头很长的变性树精卷走。啊，那个漂亮美女会不会就是你呢？”当长发美女亲到我后，我改变主意，想和她闲扯，看看有没有机会多认识她。

“呵呵！”长发美女开朗地笑着和我不断闲聊。

结果她当天一个灵骨塔都没卖出去，还被公司开除。

后来我才知道，这位长发美女，是大我一届的C大学姐，读法律专业，比我年轻，而我后来慢慢赢得她的心，在校园成为人人称羡的情侣。至于这场意外的邂逅，让我的情史终于能写下浪漫一页。

“对不起。”

同样的话再度出现，但声音不同。

罗修南！醒醒吧！把我当肉垫的可不是李晴璇，而是这位眼镜女生。

她紧张地从我身上爬起来，脸颊又多了泪水。

可真有缘啊！大一和大四，分别都被女生亲到，但感觉完全不同，上次浪漫，而这次只有惆怅，我心里仍无法将李晴璇的倩影移除。

“该说对不起的是我啦，不好意思！”我也从地上站起来了，把一只偷溜到我身上的小虫弹掉。

我又跑到柜台拿餐巾纸，把女生自来水般的眼泪擦干，她只是呆呆地站在泡面区，好像机器人女仆般等我下指令。

“不要哭！想吃什么泡面，把拔（变音“爸爸”）买给你好吗？”我放下她的手，乱说一通，但随后觉得这样说不对，如果我是她爸爸，那刚才的亲嘴，不就是乱伦了吗？

我东张西望，附近没有人露出嫌恶的神情，可能大家都没听到。不过，女生倒是有反应，她的动作很小，慢慢指了一堆牌了，我用了两趟，才把泡面搬到柜台去。这时队也排完了，应该不会再有人对女生投以异样的眼光。她总算不哭了，像个需要哄的小孩。

不过，女店员在刷卡时，脸上出现奇怪的表情，她还找男店员来看，两人小声交谈几句。

“先生，不好意思，你的卡被停了。”女店员客气地将信用卡交还给我。

被停卡？这时我才想到，已经有好几个月忘了缴账单，银行手脚可真快啊！

“那等我一下。”我继续掏口袋，又拿出了一张卡，摆在柜台上。

“先生，这张也不行哟！你这张是器官捐赠卡！”女店员看了，立刻摇头。

我什么时候办这个的？应该是大一新生训练时办的。

我的回忆涌现：当时有个年轻的美女教官，鼓励大家要发挥爱心。我第一个举手，签下同意书，但美女教官的手机号码并没要到，可恨！听说她最近在美国和某个资深探员手牵手、心连心，进行 24 小时反恐任务。

不啰唆！展开 24 秒掏口袋任务，但这次拿在手上的，不是卡片，而是和李晴璇一起拍的大头贴。

看来我真是忘不了她，人家都在相册删掉我了，我还留着这张发皱的大头贴当传家宝。她天鹅般的笑容，搭配我癞蛤蟆的纯真，可说是天造地设的一对。

不过，之后的我以大局为重，全心全意要在《终极英雄传》里率领热血志士，抵挡黑暗联盟大军侵犯，努力捍卫真理与正义，将儿女情长摆在路边。我虽然得到大爱，却失去呢喃细语的小爱，这样的人生决策，到底值不值得呢？

话说回来，帮助眼前这个爱哭女孩的任务，要赶快过关才行。我已是空空如也，找不出可以替她付钱的东西。但人无信就是畜生，我该怎么实现要请客的承诺呢？

“呃……我……自己付就好了。”女生终于开口说话了。

她拿出1000元付账，顺便买了几个塑料袋装泡面。我把信用卡、器官捐赠卡、李晴璇大头贴全都收进口袋，帮她打包。她一直低着头，不太敢看店员，也不敢看我。她可能还在担心刚才摔跤的事。

女生急速走出门外，我看她走得重心不稳，差点又要再摔一次。

哪有人走路一直看自己脚的？难不成，她鞋子装了PSP？可以边走边玩？

好奇心让我跟了出去，我三步并作两步，很快就跑到她旁边。看到她纯白的球鞋，我也确定她根本没有什么脚上PSP，纯粹是自己想太多。

“你没事吧？刚才看到你这样摔，很痛吧？”

“还好啦。”

女孩还是头低着，无视我的存在，一直往前走。几分钟后，终于停下来了，这可是我第一次看她抬头，她摸着镜架，盯着站牌上的字。

她家是住在玉山里吗？还是太平洋海边？需要坐公交车才能到7-11吗？

没多久，一辆公交车出现，她赶紧冲上去，找了最后一排靠边儿的位置坐下。

她没有和我说再见，也没有谢谢我在店里的见义勇为。

“拜拜！走路要记得长眼睛啊！下次不会有什么好心路人替你付泡面钱啊！”看着前方公交车排气管的黑烟，我吸着鼻子说。

我又骑着自行车，慢慢兜着风回到宿舍。今天可真是沉闷，考试没通过无法毕业、要面对自大的助教、老爸打电话来施压、好心帮助人被当成空气，而明天，还得去参加什么鬼网戒班！

我会不会是全世界第一个要参加这种网络勒戒课程的人呢？希望记者不会发现这条独家新闻，现在，我真的不想说：“妈！我在这里，我上电视喽！”

第二天，我起得比往常早一些。

从镜子里，我看到了一个乱乱长发、满脸胡子的家伙，很多人都习惯叫他“山顶洞人”、“流浪汉”。

这些外号，其实都很贴切，因为，真正的终极英雄是低调又朴实无华的，他们身居陋巷、隐姓埋名，喝养乐多加王子面就能过一天，穿着无袖背心、短裤、蓝白拖，就能闯荡中土世界。他们为了心中的理念而奋斗，从不在乎俗世的纷扰、批判，即使被误解，也无怨无悔。

可不是吗？无论是要组远征队，在督噜督噜大大大山脉对黑暗联盟浴血奋战，或者是去7-11、上网戒班，我一直都是咖啡色无袖背心、卡其色短裤、蓝白拖的搭配，一点不需要改变。

骑上自行车，我低头看了一下熟悉的蓝白拖，踏上征途，管它网戒班里要上什么东西！兵来将挡，水来土掩，我一定可以顺利过关，拿到毕业证书！

按照助教给的地址，我找到一栋高耸入云的商业大楼。它光鲜亮丽，外观、建材、装潢、格局都有贵族气息，加上它位处商业区精华地段，保守估算地价，一坪（约为3.3平方米）应该差不多上百万，作为网戒班的上课地点，应该很理想。但我站在大门前好几分钟，仍然有些迟疑，到底要不要进去？

“不许动，把手举起来！”忽然，有扩音器的声音对我吼叫。

这是怎么回事？竟然有一堆警察，举起自动步枪，将我团团围住，五音不全的警笛高声作响。我还算镇定，赶快举起手，盘算着要怎么化解危机。

“你这个枪击要犯，别以为你装了大胡子，我就认不出来！今天截获密报，抓到你这个潜逃多年的社会败类，真是法网恢恢，疏而不漏！”说话的，就是刚才那个用扩音器的人，他没有穿警察制服，蓝衬衫上绕着枪袋，大概是便衣警察。

“警察叔叔，我整天都在上网、关心民生大事，我没有黑星手枪、机关枪或什么 AK47，只有一把用极品九天陨石打造的乌龙麻雀卡拉脆皮剑。我很忠厚老实的，这中间一定有什么误会！”我大声地说，再不说话，搞不好就没机会了。

“没想到，枪击要犯竟然私自打造杀人武器，还用网络操控全球军火和毒品卖场，你这个丧尽天良的人渣！”警察大概想业绩想疯了，和我鸡同鸭讲。

但我的命运出现转弯，不知哪里冒出一位平头、满脸横肉的男子。他看起来大概有五十多岁，脸上法令纹很深、鱼尾纹不少，手上有许多晒斑，身穿黑色 POLO 衫和黑色西装裤，但遮不住他的啤酒肚。

这老兄比我更像枪击要犯！他站在警察旁，指着我说了几句，警探面容立刻从恐龙变乌龟，温驯得很。

“好了，没事了！大家收队！”警察举手向后挥，他扩音器的声音，这次应该不是针对我了。

那位平头男子向我这边走来，示意我可以把手放下。这时警察坐上警车一溜烟走了，走音的警笛总算闭上了嘴巴。

“对了！我还没自我介绍！”所有警车离去后，平头男子拿了一张名片给我。

这张名片很简单，只有3个字——唐风沧，没有公司名、头衔、电话、手机、E-mail。依我直觉来看，这家伙很有来头，就像郭台铭，名片上只要印3个字就够了。

“你可以叫我唐上校。”平头男子带着沉稳威严的语调。

“唐上校您好，真是感谢您的解围！”我客气地说着，心里正在打量他到底有什么意图。

唐上校笑了一下，没有多说。很巧，他也是要进大楼，我谨慎地走在他侧后方。进电梯后，他按的电梯楼层，和我要去的地方一样，都是48楼。

“你这样子，的确很像最近新闻报的那个逃犯，难怪一楼的警卫会误认！”唐上校一说，我总算明白，刚才为什么会上演官兵抓强盗的戏码。

“我只是个小老百姓，非常奉公守法的！”我讲完才想到，骑车过来时，至少闯了10个红灯，还好牌照号码都是另外做的，要开单我也不会接到。

“你只是太迷在线游戏，然后被退学而已！”

听到唐上校这句话，我很惊讶。

唐上校应该就是非常网戒班的头子了，只是我很好奇，他和学校有什么关系？是吃饱了太闲，才要开网戒班吗？不知道接下来的时间好不好过呢？

电梯门打开后，我跟着唐上校走进一间宽敞明亮、以黑桃木装饰、银白基调的公司。它是挑高的两层，让人立刻感到自已的渺小。

办公室的人看到唐上校，都赶紧起身问好。不过，他们看我的神情非常古怪，带了些许恐惧。

希望我走出大楼外，不会再被什么警察包围。

沿东北角的阶梯走上去，我看到一间气派的会议室，但在里面的两个男生，让我再度吓一跳。

怎么他们也在呢？竟然会碰到两位最熟的在线盟友，现在是番外聚会吗？

“‘转角遇到怪’,你来这里补血吗？”我对一位无精打采、留西装头、戴大镜框眼镜的男生打招呼，他叫洪睿宪，同样也是C大，植物系大三。他的服装几乎都是格子衬衫、牛仔裤和球鞋。

“‘打宝打到high’，就和你一样喽！”洪睿宪有如败家之犬，坐在会议桌旁，深深叹口气。

“老……大……你……也……来啦！”

说话口吃的是卓维宝，他坐在洪睿宪旁边，穿着和我有点类似，是T恤配短裤配凉鞋。他的长相，常让我想到长大后的蜡笔小新，但他还是比小新帅多了。

“‘破关我要来’，你不会也是被退学吧？”我叫着卓维宝的代号。

他点点头，看起来倒是很心甘情愿。他同样是C大，造船系大二，不过天生有语言表达障碍，所以说话会结巴。

“看起来，你们早就认识了。”唐上校走到会议桌前面，他后面有个巨大的白板，写着“非常网戒班”。

“这是我的名字，”唐上校转身在白板上，拿马克笔写了三个很有劲道的字，“我已经从某局退休了，上个月应你们校长的委托，担任‘非常网戒班’的召集人。其实，我和C大非常有缘，以前也曾经读过……”

“原来唐上校是校友，学长好！”我大声地说。

“唐……上……校……好！”卓维宝虽然口才受限，不过反应很快，也立刻用“唐上校”来称呼。

不过，洪睿宪眼睛半开半闭，头正在一点一点，大概没睡好。我向卓维宝使眼色，手指头稍微比着洪睿宪，卓维宝会意，赶紧用手肘把他碰醒。

“但是我C大没有读完，因为经济原因，我改读军校，之后一直待在某局。你们校长，曾是我当时的同学，交情一直很好。

“校长和我说，C大优良学风完全被在线游戏攻陷，学生只会抱怨追不到女生。说穿了，都是自己的问题！”唐上校说时，用非常严厉的眼神瞪我们。

“为了表示我要帮助各位的诚意，待会儿，有一个实用的礼物要送给各位！”唐上校拿起电话，说了几句，就放下话筒。

没多久，3位保安走了进来，其中一位拿着手提箱，另外两位提着监视器材。他们将东西放在唐上校面前，而手提箱打开后，我看到里面有3个眼镜盒。

唐上校点头，保安将眼镜盒交给我们，一人一盒。我拿起一副很普通的深红色细框粗柄眼镜，好好欣赏。

“各位请戴上！”唐上校以手势示意，我们乖乖照做。

“我和各位解释一下，你们戴的是监视眼镜，度数和你们原先戴的一样，从现在开始都要戴上，它的摄影功能会立刻启动。

“我的保安，会24小时监控画面，看你们会不会偷偷上网！而它有GPS定位系统，即使没戴，我也找得到你们在哪里。你们已经被我下禁令，不准玩在线游戏，也不能上网。”唐上校严肃地说。

唐上校说得没错，我没近视，所以现在戴的，也没有度数，看来他是有一套的。

“那洗澡、上厕所也要戴吗？睡觉也要吗？”我问。

“好问题！这两个时段是不用的，但洗澡10分钟、上厕所3分钟。

而且你们要搬到新宿舍，没有门、没有网络，整天会有保安盯着你们。要是你们故意把眼镜弄丢，失去联系，后果就是从网戒班退训，没有毕业证书，也不可能在学校继续待下去。”

唐上校强势的态度，让我找不到讨价还价的空间。

听完唐上校的说明，我觉得自己跟进看守所差不多，已经没有什么行动自由。洪睿宪、卓维宝的脸，变成苦瓜的失散兄弟般。

“再告诉你们，眼镜除了能监视，还有敏锐的监听功能。”唐上校说完，戴上我的眼镜，走到会议室外。

“听到我说话了吧？”唐上校的声音，从监视器材一处喇叭孔传出，非常清晰。

我们点头，不过洪睿宪的表情，有点不大和谐。

“这是为了要确定各位在这段期间，彻底摆脱在线游戏的诱惑，不去玩它，就不会想它，当然就不会讨论它。各位要明白，所有的一举一动，都是会列入评分标准的。”

喇叭孔继续传送唐上校苦口婆心的话语。我真希望现在听不见。

唐上校走进会议室，把眼镜交给我，我乖乖将它戴上。往好的方面看，唐上校会监视的，只不过是每人眼镜中所看到的景象，像是我地瓜吃太多，忍不住要排放天然瓦斯，他应该看不见、闻不到，顶多我去买个屁屁消音器就好，想必他也听不出。

“那……今……天……就……在……这里……上课……吗？”

卓维宝吃力地问。

“不用，下午你们先回去整理，准备搬家，然后晚上开始打工！”唐上校接着发给我们每人一张小纸条。

“打工？”我问。

“是的，你们平常只会待在网络世界里，太久没有和外界接触了。所以，你们必须要兼职做些事情，这些工作我都筛选过了，你们应该很容易上手。”

我看到手上的纸条，写着地址、人名和工作事项。

一位叫“沈亚蕴”的人，我想是女生，要请人晚上到她家，洗比格小狗。

我接着看另外两个人的纸条，卓维宝的工作是去夜市摊位灌水球、捡飞镖，洪睿宪则是到心算班打杂，感觉起来都和网络没什么关系，应该会接触到不少人。

就这样，我们三位的任务，从中土世界移转到现实生活。

回到宿舍，我房间门口真的站了一位身材魁梧的保安，他恪尽职守，在我背后当人形立牌，直到我东西收好搬到新地方为止。

“Hello！新室友！”

看到洪睿宪和卓维宝也搬进来，我催眠自己，要快乐地笑着。

但他们有点闷闷不乐，我可以理解。现在被监视监听，房间又没有网络可以用，就像爱化妆的美女被迫要素颜上节目示人，生活的乐趣已完全蒸发，而《终极英雄传》里的丰功伟业，似乎要先封存一阵子了。

“时间快到了，大家出发吧！”我看着手表，赶快把洪睿宪和卓维宝拉出去。

Chapter 3

随便吃了鸡排后，我骑车来到纸条上面写的地址。这里距离C大有半小时的车程，而这一带，算是W大的大学城，生活条件发达。我突然想到，上次买泡面的女生会不会也是学生呢?

眼前是栋不算高的大楼。走进一楼，没有看到警卫，我乐得轻松，直接坐电梯上去。我看着镜子，装扮和早上一样，无袖背心、短裤、蓝白拖，充满当代青年的热情和真诚，我相信，这次不会再被警察叔叔包围。

走出电梯，我看着门牌，找到一户停下，谨慎地按电铃。

门打开，面孔很熟悉。我立刻想到，她就是昨天在7-11弄翻泡面哭个不停的女生!

“请问，你是沈亚蕴小姐吗？我是来帮忙洗小狗的。”我摆出专业级的诚恳笑容。

“哦，进来吧！”

女生声音懒懒的，从鞋柜拿了一双拖鞋给我，我穿上后走进去。

只是好奇着，我认错人了吗？她看起来似乎对我没印象，还是她患了失忆症?

应该没看错，眼前的沈亚蕴还是猪哥亮的发型，她厚厚的眼镜，好像连体婴，仍旧黏在她脸上。不过，她现在穿的是米白色的睡衣，上面有一堆樱桃小丸子，有天真可爱的笑容。

她脚上是一双酷狗宝贝拖鞋，两只毛茸茸的耳朵，在鞋背上磨蹭。我跟在她背后，她疲倦地拖着脚步，我拿出手机瞄了一下，现在才晚上7点半，这么早就要睡了吗?

“我先去眯一下，9点到了再叫我。”沈亚蕴打了一个很大的哈欠。

“9点？”

“我1点才睡的，睡到9点刚好啊！”沈亚蕴拨了拨头发，眼睛眯成一条线，缓缓靠在沙发上。

我想，这女生大概日夜颠倒，白天睡觉，晚上起来活动，所以现在才会穿着可爱的睡衣。感觉像是吸血鬼的一般，先装无辜，然后再露出狰狞的面容。我现在必须提高警觉，先留意她有没有尖牙，顺便检查一下冰箱，看看里面有没有存放几包人类的鲜血。

不过，和我的打怪基地相比，她住的地方的确有格调多了，脚下是光滑的枫木地板，而那幅挂在淡橘色墙壁上的印象派风景画，吸引了我的目光。

客厅的两侧是米色和蓝色的沙发，几个大企鹅抱枕正悠闲地躺着，而靠大门的一侧，摆着简单大方的白色电视柜，上面 32 英寸的液晶电视，让我好生羡慕，比起我学校宿舍内那些患老年痴呆症的高龄显像管电视，液晶电视才是王道啊!

“你 9 点起来，是要看综艺栏目，还是要看别的什么节目啊？”我坐到另一边的沙发上。

“我现在不太爱看电视了。”沈亚蕴摇头。

我特别留意到沈亚蕴说话时的情况，她并没有尖牙，脸色不算苍白，眼睛也没有恐怖的红丝，可以暂时把她排除在吸血鬼名单之外。

“对了，我们之前碰过面，你还记得吗？”现在是试探沈亚蕴有没有失忆症的好时机。

“有吗？”沈亚蕴的表情，很像被雷打到的天线宝宝。

“之前你不是在 7-11 买泡面摔跤了，而且你还亲到我。我原本想请客，替你付钱的，不过你自己付了，然后上了公交车回家，有印象吧？”我还原当时的场景。

沈亚蕴看着我，继续当无知的天线宝宝。

一段时间过去。

"哦！想起来了！谢谢大叔！"

沈亚蕴后面这句，不知道是尊称还是嘲笑我历经风霜的容颜？

"我不是大叔，我很年轻的，这中间一定有什么误会！"我从口袋中拿出学生证给沈亚蕴看，虽然我26岁，但我还是有资格去上《大学生了没》之类的节目。

"原来你是C大的，我都考不上，只能读私立的W大。"沈亚蕴看完后，叹气说着。

我猜得没错，沈亚蕴的确是W大的学生。看来她家环境不错，才可以租这么有档次的房子。

"W大也是不错的啦！不要忘了，行行出状元，就算是C大的，也是会有一些废渣的，就像我。"为了安慰沈亚蕴，我只好自嘲一下。

"你不是要找人洗小狗吗？就由我来效劳吧！"我现在才想到，眼镜是有监听和监视功能的，我必须赶快导入正题。

说也奇怪，进入沈亚蕴的房子，我一直没听到小狗汪汪叫的声音，小狗会不会睡着了？不管怎么说，我总是得把这个任务完成，尽管什么分数都不可能上升。

"我都忘了要找人来洗小狗，之前都是玛丽亚洗的。"沈亚蕴突然站起来。

"玛丽亚？"

沈亚蕴拿了一张照片给我看，里面有两个人，手挽着手，其中一个脸上完全被深蓝色头巾包住，只露出深情的眼睛。另一个五官深邃，年纪应该有三十多岁，穿西装打领带，腼腆地笑着。从男生的模样来看，或许是一对中东地区的夫妻。

“对啊！我们家特别请了玛丽亚，到这里来打扫和洗小狗。不过，她说，根据她的线报，她在家乡的老公，被一个很帅、会作词作曲，还会唱歌的年轻男人拐跑了。”沈亚蕴的语气很平淡，不过我却听得津津有味。

“我没听错吧？！年轻男人？”我连忙确认。

“嗯啊！玛丽亚说，她们家乡也是有歌唱选秀节目的，她在网络上看到了这个节目，非常痛恨那个歌手，她说要回去把这个小白脸抓出来，教训一下。所以，这一阵子她就没办法来。”沈亚蕴扶扶眼镜说，依旧是乏味的音调。

话说回来，我要替玛丽亚默哀一下，这么美满的家庭，竟然是被小白脸搅局，而不是妖娆性感的狐狸精。但搞不好，玛丽亚才是第三者，只是她自己被蒙在鼓里。

“玛丽亚说，她曾在报纸登英文广告，还有去我们学校公布栏贴广告，然后，有一个男人来联络我，说会派人过来。”沈亚蕴说完后，走到厨房去。

这工作是怎么出现的？我有点眉目了，想必打电话的就是唐上校，不过也太巧了，又和这个女生碰头。依我现在的判断，这应该是个简单的差事，我两三下就能干净利索地搞定。

“你要喝什么？”沈亚蕴的声音，有气无力地传来。

“都可以，谢谢！”

我看到沈亚蕴打开冰箱，她的手晃了半天，好像影视剧中唐伯虎在点灭飞蚊，点来点去，总算选了两瓶可乐。她回到客厅，给我一瓶。但她可能没注意到，可乐递给我时是倒过来的，让我无意间看到了保质期限，吓了一跳。

“等一下！”当沈亚蕴打开可乐时，我大声喝止。

“哦！”

沈亚蕴的反应有点迟钝，继续把可乐往嘴里倒，我只好抓住她的手，阻止她再喝。她看我的眼神，带着迷惘和不解，但她还是乖乖听我的话，放下可乐。

“你这可乐已经过期一年了耶！喝了，我保证待会儿就要叫救护车了。”

“救护车？你要生小孩了吗？”沈亚蕴丢了一个很天真的问题。

“什么我要生小孩？是你会食物中毒啦！拜托你好不好？有点常识可以吗？”我平常都是温和有礼的，没想到现在竟然激动了起来。

“那就不喝了！我喂小丸喝好了，它的胃很好，喂什么都可以的。有一次，我不小心把像炸虾的随身碟喂它，它一口就吞下，还不断向我摇尾巴呢！”

听到沈亚蕴这么说，我几乎快昏倒了，也许需要救护车的是我才对。

沈亚蕴拖着缓缓的脚步，走到绿格子的窗帘旁边，慢慢掀开，然后打开纱门，走到外面的阳台蹲了下来，她手上拿着两罐过期可乐和吸管。我想，沈亚蕴真的打算喂她刚才说的“小丸”。

阳台非常干净，我看到了一间漂亮的蓝顶小木屋，而门口正趴着一只咖啡色的比格小狗。当沈亚蕴出现后，小狗站了起来，不断摇摆可爱的大耳朵和身上修剪整齐的狗毛，让我感觉到它温文尔雅，很有气质。

“来，小丸，要不要喝可乐？”沈亚蕴打开一罐，把吸管放进去，摆在它面前。

小丸很听话，前掌摸着可乐，嘴巴靠近吸管，吱吱地喝了起来。

“小丸是你给它取的名字吗？它是母的吧？我看它有水汪汪的眼睛，动作很优雅。”我走到了沈亚蕴旁边说。

“其实它是公的，不过名字是玛丽亚取的，叫‘马英丸’。”沈亚蕴蹲了一会儿就站起来，揉着大腿，可能是觉得脚麻。

“马英丸？是那个……”我想了一下，终于拼凑出一个人的名字，“就是那个政坛帅哥马某人的亲戚吗？”

同时我也注意着小丸脸上会不会出现痛苦的表情，目前看来它自我感觉良好，没有异样。

“差不多吧！玛丽亚说，她每次看电视新闻，都觉得他很帅，很像她老公。”沈亚蕴又蹲下来，摸着小丸的耳朵，又开了一罐可乐喂它，它依然吸得很开心，看来小丸肚子里有刀枪不入的无敌铁胃。

我刚刚才看过玛丽亚的照片，她老公和马某人，两个都要戴上恐怖分子爱用的黑色头套，才能说很像。我觉得，她老公要用印度麦克来比喻才贴切，大概是玛丽亚的审美眼光和我们不太一样。

“玛丽亚有一天早上去买菜，发现这只小狗正在河里游泳，但是游没多久就要溺水了……”

“所以她就把小丸救上来吗？”

“其实是派大星救的。”沈亚蕴摇头。

“派大星？”我感到很好奇，是不是海绵宝宝一直在深海的蟹堡王餐厅加班，所以没有跟着出现？

“玛丽亚不会游泳，但是刚好买了派大星的塑胶气球，所以就丢到河里，它趴在派大星上面，慢慢地漂到岸边，玛丽亚才能把狗狗抓起来。”

喝完可乐的小丸，一直对着沈亚蕴吐舌头。

其实我不太喜欢小狗，但为了表示善意，我靠近小丸，轻轻摸了几下它的头。它的毛非常柔顺，摸着非常舒服。

“然后带回来养吗？”我问。

“嗯！玛丽亚去问算命先生要取什么名字，算命先生说‘马英丸’

不错，和她的偶像，只差一点点而已。”

小丸不断地向沈亚蕴吐舌头，膝盖软软的，趴在她脚边，想讨她的欢心。这还挺有趣的，洗小狗，应该没有想象中的无聊。

“那我就现在替它洗一洗吧！”我抱起了小丸。

“哦！”沈亚蕴继续拖着脚步，小丸再度伸出舌头，想舔我的胡子，被我四两拨千斤地巧妙躲开。走在前面的沈亚蕴，大概没发现小丸对客人这么热情。

走到浴室，我发现里面非常干净，除了浴缸上的一瓶威猛先生、可爱小刷子和悬挂着的布丁狗毛巾，几乎没有别的东西，感觉似乎是小丸专用的。

小丸看到光滑洁净的浴缸，就好像鲁夫迷路后又找到了伟大的航道、柯博文与大黄蜂发现火种源，眼睛释放出闪亮的光芒，“汪！汪！汪！”叫个不停。

小丸立刻摆脱我的怀抱，以轻盈的体态，在空中划出优美的弧线，跳进浴缸里。我开始好奇，小丸以前是不是待在马戏团里专门负责跳火圈？

我猜刚才的可乐不但过期而且黑心，被人偷偷加了一堆兴奋剂，所以浴缸里的小丸，才会一圈一圈地跑个不停。

“只要对它冲水就好了吗？它好像静不下来。”我算了一下，小丸已经在浴缸至少跑十圈了，真是只爱跑步的小狗。

“玛丽亚说，让它……跑累了……然后……它就会乖乖……地洗澡。”沈亚蕴揉揉眼睛，非常疲倦的神情。

“洗澡时……先用威猛先生……喷一喷，再用刷子刷，最后用……水……冲干净，就……差不多了。”沈亚蕴说得有气无力，眼睛都快闭上了。

“为什么要用威猛先生？用沐浴乳不可以吗？”我赶紧把沈亚蕴牵到客厅里，让她躺在沙发上。

“就比较……干净吧！它喜欢当……不沾狗，什么脏脏的……都不喜欢……沾到，所以……玛丽亚……就用……威猛先生……”沈亚蕴话没说完就睡着了。

这时浴室传来了“汪汪”的声音，我得赶快服侍小丸，让它当只舒服快乐的不沾狗。

回到浴室，小丸对我不断摇尾巴，脸上堆着可爱的表情，它应该把我当成新的主人了。接着，我按照沈亚蕴说的，把浴缸水放掉，然后向趴在浴缸、合上双眼的小丸双手合十，虔诚地三鞠躬，希望它能安详地前往……

我忽然想到，现在并非亲友献花、家属答礼的时刻，我只不过希望小丸接下来乖一点，不要乱动，就像它目前这样的状态。

“啊哈！等我替你冲完水，你又是一只风靡千万少女、改善社会风气的不沾狗了。”我拿起威猛先生，慢慢地向小丸身上喷，它没什么太大反应，所以我赶快拿着刷子、打开莲蓬头，让它享受被专人服务的乐趣。

水哗啦啦地从莲蓬头流出，让小丸变成了浑身遍布白泡沫的落汤狗，我轻巧地左刷刷、右刷刷，它又发出了“汪汪”的叫声，在浴缸里跑来跑去。我手上的莲蓬头，一路紧紧跟随着它，不敢有任何闪失。

冲了差不多二十分钟，以我的标准来看，小丸已经算是洗得光滑洁净，不染一丝尘埃。我关掉水龙头，拿了布丁狗毛巾，帮小丸擦干身体。

“好了，我今天的任务完成了！等一下你赶快去木屋睡觉。如果要去游泳，记得要做热身运动，现在已经是农历七月了，要是河里有人或有狗，阴森森地叫你的大名，绝对不要回头啊！”我捏着小丸有点肉肉的脸颊，心里感到松了口气。

但小丸此刻像是啃了C4炸药特餐，对我发狠地吼叫起来，声音越来越猛烈，和狼狗似的。当然，我是不会被吓坏的，只是觉得奇怪，为什么看起来柔顺乖巧的小丸，立刻会被恶魔附身？小丸难道忘了，刚才是谁辛苦地替它洗澡？我赶快把手放开，往后退几步，表示自己的善意。

为什么小丸会突然抓狂呢？会不会是我来这里之前，解决掉好几个热狗，被它闻出来了？听说爱吃狗肉的人，只要经过狗群就会被咬，因为狗群可以感应出这家伙吃了它们的同类，一定要报仇。

不过，热狗虽然字面里有“狗”，但里面都是猪肉，和太阳饼里没有太阳都是相同的道理。难道是小丸太过聪明，所以误会了这点？

“我发誓，我真的没有吃你的同胞哟！至少今天没有，昨天也没有。”我高高举起右手，像是古时候文武百官面对皇帝那样。

不过，小丸依旧抓狂似的对我冲了过来，咬住我的右手不放。我感到剧痛，本来想忍住的，但在反射神经的驱动下，还是叫出声。

“啊！”这可能是我生平第一次被狗咬，我用力地甩手，总算把小丸甩掉。

这时我冷静下来，让自己恢复到《终极英雄传》的状态，我现在是等级90的高手，没有什么怪物是无法对付的。

现在要先找到兵器才行！

我迅速捡起了布丁狗毛巾，一边闪躲小丸的狂咬，一边将毛巾卷成长条，出手就打到了小丸的天灵盖，但我力道使得不大，只让它吱吱叫了一下，并没有断了它的任督二脉。

不过，小丸仍然对我穷追猛咬，我慈悲为怀、哈利路亚，虽然使出了密传的打狗棒法，但绝不想取它性命。

下一招要用什么好呢？我不停地思考着。

“小丸，你在做什么？”沈亚蕴突然出现在我旁边。

小丸听到沈亚蕴有点气愤的声音，立刻恢复到原先乖宝宝的模样，趴在她脚边，摆出惹人怜爱的神情。

“我以为你睡着了。”

这时小丸头低低的，大概是觉得没有脸见我。

“就是被它吵醒了。真是很抱歉！它平常很乖的，一定是在外面交了坏朋友才会这样子。”沈亚蕴踢了一下小丸的屁股，它完全不敢吭声。

“没关系啦！这也不是它的错。”我替小丸说话。

我是大人不计小狗过，虽然它刚才咬我，但无论如何，我是个人道主义者，有深厚的涵养，绝对不会回咬的。

小丸一直赖在沈亚蕴脚边蹭，像是在撒娇。她板起了后妈脸孔，拿起刷子，要把它赶走。小丸自讨无趣，只有默默地离开。

“哇！你都流血了。”

如果没有沈亚蕴的提醒，我都没注意到，鲜红的液体正从我手臂上冒出，缓缓地落在地面上。

沈亚蕴很着急，目光不停地在浴室的各个角落巡视，最后，她拿了那条布丁狗毛巾卷在我手上。

“你是要找卫生纸吗？其实我用水冲掉就可以啦！这条毛巾好像料子不错，拿来止血，会不会太可惜了？”我觉得现在的手臂，包得像需要减肥的木乃伊。

“反正这条以后就不用了，之后再买新的就好了。”

“这样啊！”

“你先去那边坐一会儿好了，我找找红药水和纱布。”

沈亚蕴的话也有道理，于是我走到客厅去，坐在沙发上，想好好休息一下。

而小丸呢？似乎没有动静，我坐了不到一分钟，便站起来打开客厅纱门看了看，发现它已经睡着了，安详地躺在木屋里。经过这样的折腾，我想小丸也累了，它应该可以一觉睡到天明。

我站在阳台，享受徐徐微风与片刻的宁静。手似乎不痛了，我把布丁狗毛巾解开，摸摸伤口，伤口已经结痂，不过，附近都有很深的咬痕。

“我找到红药水了，我帮你擦擦药吧！”沈亚蕴的声音从我背后传来。

“麻烦你了。”我回到客厅，坐在沙发上，伸出右臂。

我拿起了遥控器，打开电视，调到新闻台，里面的外国女记者正抱着波斯猫，说这种猫多么温驯可爱，结果冷不防竟然被猫爪袭脸，吓得她花容失色，看得我哈哈大笑。

这时右手臂上有种奇特的感觉，虽然有东西涂过，却没有刺痛感。我转头看，突然看到李晴璇就在我面前，她神情凝重，细心替我敷药，我闻见她身上淡雅的沐浴乳香味。

“早就告诉你，没事不要骑那么快，结果伤口那么深！你真是活该。”李晴璇唠叨。

“我只是要测试一下你的急救技术啊！”李晴璇的床上堆了不少药品，我真是三生有幸，可以让美女来包伤口。

李晴璇敷药完后，我逐渐靠近她，想表示心中的感谢。我放电的眼神，望得她满脸羞红。

“你今天不要碰我！谁叫你不听我的话。”李晴璇从床边站起，不过她的腰却被我伸手揽住。

“你这是歧视身心障碍人士哟！我要告你，但是我要请你当我的辩护律师。这叫‘告诉乃论’，对不对？”虽然我手受伤了，但抱着李晴璇时，那些痛楚就可以忽略不计。

“我才不要替你辩护哩！呵呵！”李晴璇捂脸偷笑，但她的笑声慢慢地消失了。

“喂！大叔，你不要乱动，你手毛好多，都把伤口遮住了。”

我回过神。

原来，眼前的女生一直都是沈亚蕴，只是我脑海中又回忆起当年的甜蜜片段。

沈亚蕴正低头拿棉花棒帮我涂药，她大概没看见我刚才挑逗的神情。算了！我不能再想李晴璇，都分手一年了，人家也另结新欢，再怎么想念都于事无补。

我神志恢复清醒，立刻发现沈亚蕴手上拿的似乎不是红药水。

“请问这是什么？”

“红药水啊！”

我立刻抢走了沈亚蕴左手的东西，让她满脸讶异，我只好把这罐拿在她面前晃。

“这是颜料吧？！”

“啊！真是对不起，这是从急救箱拿出来的，没想到会变成颜料。”沈亚蕴的话充满歉意。

她说得也没错，桌子上的确摆着一个急救箱，她也尽力了，颜料一定是小丸在外面交的坏朋友偷偷放的，不能怪她。

于是我走到浴室，仔细清洗右手臂，然后再从急救箱挑了碘酒、纱布，自己把伤口搞定。

“对不起，对不起！我会好好管住小丸，让它下次不会这样。”我离开时，沈亚蕴站在门口，不断地重复说，而我只好保持专业级的微笑。

Chapter 4

保险起见，离开沈亚蕴家之后，我先去附近医院急诊室打狂犬疫苗，让温柔可爱的小护士好好给我包扎伤口。

我拖着疲倦的身体回到学校，慢慢走回新宿舍房间。这里空荡荡的，走廊灯光阴暗，每个房间的门都是开着，里面没人住，但或许有阿飘（鬼）自助旅行团来友好访问，我放轻脚步，希望不会打扰他们。

在走廊尽头，我看到两团黑影，直挺挺地立在那里。我判断这两团黑影好像就在我的房间外面，没想到一说曹操，曹操就到，我说了阿飘，阿飘……

其实这般场景，我在《终极英雄传》里也见识过。我率领一群圣战士，前往虾米碗糕城，要解决妖兽族召唤的怪头蜥蜴大军。当时山雨欲来风满楼，黝黑的宫殿里，充满肃杀之气，一场惊天动地的大战就要爆发。

就像现在这样！

我是不怕的，我暂时停止呼吸，一步一步缓缓前进。但看清楚后，我脑筋恢复正常，其实他们就是唐上校派来的保安，还真是忠于职守，这么晚了，还要帮忙挡蚊子跳蚤，辛苦了！

“你今天很晚回来哟！”我右手边的保安说话了，姑且称他保安甲。

“没想到今天要见到你，还挺困难的。”现在换保安乙开口。

“我不知道你要见我，你这不是见到了吗？”我太荣幸了，竟然可以让两位保安痴心守候。

“希望小丸没有咬伤你。”保安甲关心地说。他这么一讲，就表示我今晚的情况他们完全看到了。

我赶快走进房间，虽然一片漆黑，但我自动开启人体夜视模式，迅速调整瞳孔焦距，视线变得清楚不少，至少可以认出，洪睿宪和卓维宝正躺在两张床的上铺。我摘下眼镜，放在桌上，再凑近两人身边，手指移近他们鼻孔下。

嗯！都有温热的气息，他们是忠心的战士，绝对不会叛逃加入阿飘旅行团。

第二天早上，我在洗手台前遇到睡醒的洪睿宪和卓维宝，大家都在刷牙，刚好可以闲聊一下。

“你们昨天工作如何？”我问。

“嘿嘿！哈哈！”洪睿宪漱完口，笑得不太自然。

我发现他和卓维宝已经戴上了监视眼镜，他们可能现在不太想说实话。

“你的……手……怎么……了？”卓维宝还在刷牙，一堆雪白的泡沫往他下巴流去，看起来很像圣诞老公公。

我立刻解释昨晚发生的状况，卓维宝和洪睿宪知道我没事，脸上如释重负。

“狗主人非常抱歉，所以昨晚给了我不少医药费，但我没有花完，因为天大地大，没有兄弟情大。待会儿我请两位吃早餐，然后再去上博大精深、发人深省的网戒班吧！”在他们面前，我后面那句说得非常大声，相信唐上校一定能听到。

早餐店里，我照吃不误，但也特别注意，没有吃和热狗有关的东西，以免晚上又被小丸咬。洪睿宪吃得不多，实在是辜负我请客的好意，不过，我们都处在被监视的状态，也无法进行真心话大冒险，只好将就一点。

卓维宝胃口也不错，吞了两个小汉堡，还外带了大饭团和中杯可乐到网戒班里。

会议厅里，只有我们三个人，面桌上空空如也，不知唐上校待会儿有什么菜色要端出来。

“听说昨天晚上，有个女生替你用颜料上药，对不对？”唐上校一走进，带了个八卦的问题给我，他这样问，我一点都不意外。

“老大……真的……吗？”卓维宝关心地问，而洪睿宪也露出惊奇的眼光。

“哈！这也没什么好说的，我要感到庆幸，还好她误拿的是颜料，而不是盐酸，要不然我的手就会像哈根达斯一样融化了。”我左手拍着右手，告诉大家没事的。

“有个家伙，把九宫格的气球都射破了，领走最高级的奖品，法拉利最新款 F1499……”唐上校微笑地看着卓维宝说。

这下换我张大嘴巴，没想到这个老板这么有钱，竟然把法拉利当奖品送。

“……的模型，售价 2000 元，真是够大方的了。”唐上校在这里故意断句，让我白高兴几秒钟。

“唐……上校……你真……厉害！”卓维宝非常钦佩地说。

“还有，你班上有个天才，一直在背圆周率，他可以持续背两分钟，真是不简单。”唐上校的目光，移到洪睿宪脸上。

“是啊！是啊！”洪睿宪不太在乎的口气。

“好了！闲话休说，现在来做点正经的。”唐上校站在白板旁边，他今天的服装比较特别，穿起了长袍，脸上戴着圆圆的眼镜，好像徐志摩的发胖浮肿版。

这时唐上校拍拍手，四位保安走进来，他们握着手提箱，面容庄严肃穆。我想，箱子里必定是值钱的东西。

不过，手提箱打开后，我们只看到里面摆着笔墨纸砚。

古代文人上京赶考、写情书泡姑娘、去钱庄借高利贷，都一定会用到的文房四宝，竟然穿越时空，跑到21世纪来串门子。

“你们一定觉得很奇怪，为什么是这些？这么简单？”唐上校说时，保安已经把这些东西，一样一样摆在我们面前。

“我要先问各位，你们平常都是怎么聊天的？”唐上校犀利的眼光，似乎有强烈的秒杀能力。

“就……是……就……是……就……是……”卓维宝本来想回答，但他久久都连不到下一句。

“就是在《终极英雄传》里，是吧？”唐上校抢先一步讲。

“我们是穷学生，用手机聊天很贵，不如直接在游戏里边打仗边聊天，可以培养感情，也可以训练打字，培养第二专长。”我说。

“果然有一套。但这就是你们的问题了，太爱用网络，连沟通都靠打字，所以要你们不碰键盘，必定浑身不自在。”唐上校摆出了扑克脸，字字都是紧绷的语气。

“现在是改变的时候。与其迷恋在游戏中打字，不如开始练习写毛笔字，一步一步，摆脱掉这种依赖网络界面的习性。”唐上校坚定的语调，准备要让我们人生大转弯，真是贴心。

于是，网戒班的第二天，推出了练毛笔的菜色，而我们先从磨墨练起。

“你们要知道，磨墨是一门学问，磨得太急、太慢，太轻、太重，出来的墨汁都会很难看。你们必须掌握技巧，将力道和速度拿捏好才行。这也是你们修炼心性的机会，人生就是这样，需要不断地磨炼，才会产生宝贵的经验。”唐上校又摇身变成励志大师。

唐上校说得没错，接下来的时间里，我们磨墨就折腾了很久。

我一开始倒了太多水，怎么磨都是清清如也；卓维宝太过用力，竟然折断墨条，飞出去的半块又高又远，打破了会议室的玻璃；洪睿宪则是把墨条磨成章鱼哥那样的圆头，如果再磨下去，就可以拿来当蟹老板的尖眼睛。

经过几个小时的失败和努力，总算成功磨出墨汁，让唐上校挥毫，他的墨迹充满刚健的力道。

“这张是《清明上河图》吗？我在某个网站上看过。”沉默的洪睿宪，总算发问了。

“好……像……呢！”卓维宝在一旁点头，不过唐上校倒是没说话。

“我想应该不是吧！古时候的河，怎么可能会有航空母舰呢？你们看甲板上，这几架还是最新的F-35耶！”我指着画说，唐上校总算有了满意的表情。不过这图也说明了，我们辛苦磨出来的墨汁，应该质量不错，才能画这么多东西在上面。

又混过一天，手非常酸，钢铁般坚毅不屈的墨条，都磨成绣花针，而手掌、手臂，处处是墨条打滚的痕迹，弄得我脏兮兮。我们三个人，下课后先回到宿舍把手洗干净，然后一块儿吃个丰盛的晚餐，才能储备体力，面对晚上的工作。

“拜……拜……”宿舍外的停车场，卓维宝发动摩托车，比我和洪睿宪早一步冲出去。

“祝你今天晚上不会被小狗咬！”洪睿宪的摩托车轻咳一声，也往前奔。

本来我也想让摩托车立刻在大马路上奔驰，不过洪睿宪这句话，倒是让我自动按下暂停键，完全不动。他说得有理，虽然小丸看起来是只和气乖顺的不沾狗，但仍要提防。

我摸着右手臂，这时纱布已经拿掉，我来回按摩手臂上的齿痕和伤疤，已经不痛了，但看起来有点丑，和附近表皮上茂密的手毛相比，实在无法匹配。

小丸这个狗家伙，今晚会使出什么大绝招？我必须想好对策。本来想拜Google大神，找找看有什么方法应付狗咬，不过，现在没有机会，我已经被严格控管，不用奢想一亲网络芳泽。

"啊！不然这样好了！"我猛地拍大腿，有了主意。

引擎一直在低吼的摩托车，现在总算可以扯开喉咙，尽情在路上发飙。

很快，车停在一家店面外稍事休息，而它的主人，正在店面里和一位清新、全身纯白如天使的女生闲聊。

"小姐，我要挂号。"

"请在这里填资料，请问你的宠物有什么地方不舒服吗？"那位年轻护士拿出一张表格。

"它哦！我想想，它好像有分裂狗格，昨天很像男子汉，今天又娘到不行。我都搞不清楚，替它办联谊时，是要找美丽母狗，还是要帅气公狗？"

"嗯！明白了，请稍候。"护士脸上没有笑容，很职业地回应。

如果我没记错，这家兽医诊所的主治医生廖厚辉，也是我队伍里的盟友。

这位38岁的大叔，虽然和我们几位圣战士并肩作战的时间不多，但等级也练到55，而且还会送伙伴一些他花钱买的宝物，是位善心的兽医。可惜上次网聚后，他的名片找不到，我只好直接跑来问。

"先生，这是你的号码牌。"护士原本是坐着的，她现在则站起来，走到我旁边，把一张小纸交给我，不过她看起来很吃惊。

“你的宠物呢？”大概护士是想先看看我的小狗病得如何，所以才走过来检查。

“哦！我刚才让它去外面透气，我看到它现在和一只蟑螂聊得很愉快，它大概又觉得自己是小强而不是小狗了。”我随便乱扯，护士皱一下眉，又走回柜台坐下。

柜台另一侧是长椅，不过今天带宠物看病的人不算多，椅子并没有坐满。我对一位肩膀站着猫头鹰、手上紧握眼镜蛇的老婆婆礼貌地笑笑，不知道为什么，其他人都不敢坐在她旁边。接着我走到外面，去探望我那只无中生有的小狗。

不过，我在诊所门口见到了李晴璇，她身穿剪裁齐整的深蓝色套装，左手牵着小巧的粉红色拉杆宠物箱，朝我这边走过来，路上全是她清脆的高跟鞋声响。

“好久不见，南。”李晴璇走近。

“璇，你好吗？好久不见了。”看到李晴璇，过往的甜蜜和悔恨，都在此时来敲门。

她顺手从皮包拿出一张喜帖给我，我看到新娘名字是她，但新郎我不认识。

原来她要结婚了。唉！一切都是我自作自受，怪不得人。

“对不起！璇。我辜负了你！”这是我的诚心道歉，虽然为时已晚。

“不用再说了，反正都过去了。”李晴璇很贴心，不想让我太伤感。

李晴璇站在门边，淡淡地微笑，但她忽然脸色一变。

“你手怎么了？被狗咬的吗？”她拉起我的手臂端详，不过我倒看到一只小白兔从拉杆箱里的小笼子里露出脸，它的脸红得像关公，真的是需要看医生。

就和早上一样，我再度解释在沈亚蕴家发生了什么事。不过，当李晴璇摸着我的手时，自己真希望时间暂停，就能重温那些美好的回忆。

“你可能不明白，比格是心思敏锐的狗狗，人家对它好不好，是不是真心照顾它，它立刻可以感应出来。你一定没有认真替它洗澡，心里大概在想要当什么北极狗熊吧！”她放下我的手，打开门，要走进诊所里。

“是……”我本来又想纠正她,但立刻改口,“……不过你说得没错，我的确没有专心洗小狗，就好像我没有专心爱你一样。”

她听了之后，脸上有点红，希望她没有被小白兔传染生化病毒。

“罗修南，轮到你的宠物了。”护士在门口对我说。

“我不知道你也要带宠物看病，就是那只比格吗？”她看着我，脸上的红晕还没消失。

“呃……你说那只小狗啊！它刚才打手机给我，说要和蟑螂进行马拉松大赛，我要去当评审喽！”我连忙跨上摩托车，完全不理会茫然的护士，和李晴璇挥手道别。

谢谢你，璇，虽然我没有机会再爱你，但是，我会专心的。

“Hello！我又来了！”门打开，看到的是沈亚蕴，我瞧见门边有拖鞋，自己换上。

虽然刚才跑去兽医诊所晃了一阵子，不过我骑车技术还过得去，今晚仍准时到达。沈亚蕴头发乱乱的，厚眼镜上还有一小块油渍，身上穿的不是睡衣，而是我第一次看到的碎花长裙洋装，看到她，又有回到民国时期的感觉。

“你的手好一点儿了吧！你回去后，我把它绑起来了，罚它不准吃饭。”我坐在客厅里，沈亚蕴拿了蓝莓汁给我，我特别瞄了一下，这次没有过期。

“没事了。其实不用这样对小丸，它不是故意的，我一点都不怪它。”璇的话，我已经牢牢记在心里，所以现在开始，我真的发自内心要原谅它，绝对没有想过要把小丸送去香肉店卖艺又卖身，或逼它签器官捐赠卡。

我走到阳台去看，小丸正乖乖地趴在木屋里，有如担任少林十八铜狗，什么风都吹不动，它面前的瓷碗像是抹过了SK-Ⅱ（护肤品），晶莹剔透，散发出迷人的风采。

“你说的不准吃饭，是今天不能吃早餐吗？”小丸似乎是气力散尽，我感到不太对劲。

“我原本想一星期不准它吃的，后来想一想，只要今天不给它吃就好。”沈亚蕴讲得很平静，她好像不知道事情的严重性。

我摸了口袋，有一包炒面，赶紧敲碎倒在碗里。小丸看到有吃的，急忙用舌头舔光。

“你平常都喂它吃什么，赶快拿过来吧！快闹出狗命了。”我大叫。

接着，我把吸管插入蓝莓汁杯子，凑近小丸嘴巴，它咕噜咕噜，一下就喝完。而沈亚蕴总算听进去我说的，捧了一大袋全新的狗粮过来，撕开后倒进碗里。这时的小丸，又是三口并作两口吃，那包狗粮，顿时空了不少。

我相信小丸可以体会到，在肚子饿的时候，能够当吃饱的粮草征收员是多么幸福的事。小丸看我时，眼睛泛着泪光，它应该把我当成同一伙，我就不用担心待会儿替它洗澡会被咬了。

“天啊！还好我来了。狗怎么可能一个星期不用吃东西，你当它是史努比还是什么？你这样是在虐狗啊！小心警察会跑来抓你哟！”

我这么说，沈亚蕴竟然被吓到，又哭了出来。

“呜！我不是故意的！”沈亚蕴不停地揉眼睛，擦掉泪水。

“不哭！不哭！警察叔叔要抓也是先抓我，不会抓你这种楚楚可怜的小女子的。”我又摸口袋，有一包别人路上发的面巾纸，刚好可以给沈亚蕴用。

“为什么警察会先抓你，你有案底吗？”沈亚蕴拿了我的面巾纸来擦脸，看不出她有畏惧我的表情。

“你不觉得我看起来很像枪击犯吗？新闻上都在播。”事实上，我根本不知道，那天警察到底是把我误认成哪位重犯。

“我都没看新闻的。”沈亚蕴摇头。

“你看，它睡着了！”我指向木屋，小丸闭上了水汪汪的大眼睛，祝它有香甜的美梦，在梦中不会被做成甜美的香肉。

“不然，今天就不用你洗了，可是工资我还是会付给你。”沈亚蕴蹲下来，摸摸小丸的头。它伸出舌头，舔舔嘴巴，脸上洋溢着幸福气息。

“你不用付我钱的，反正无功不受禄！”我非常豁然地说。

我走回客厅，坐在长沙发上，晚风从外头吹来，非常凉爽，难怪小丸这么容易就睡着。

“不然……我请你吃晚餐，你吃过了吗？”沈亚蕴也走进来，关上阳台纱门。

“你要请我吃晚餐，真的吗？”这倒挺意外的。

“对啊！就在这里吃好吗？我……很少跑出去吃。”沈亚蕴站在纱门口，低着头说。

“所以，你要来下厨吗？”我的好奇心越来越重了。

我真的感觉不出来，沈亚蕴是一个会做菜的女生，希望今晚我不会食物中毒。

“差不多吧！那……你可以吧！”沈亚蕴现在说话，又很像我第一次在7-11碰到她，那种害羞的模样。

“当然可以！”我不能当面和她说我担心会拉肚子，所以回去吃比较好，免得她又哭得眼泪哗哗。

“这样的话，等我一下，很快就好了。”沈亚蕴连忙走进厨房里。

看到沈亚蕴这么热心，我冒出冷汗。不禁在想，如果回去时，兽医诊所没关门，我应该要进去检查肠胃，人也是动物的一种，兽医既然可以看小狗、小猫、小蛇，凑合看一下人，应该没关系。

没多久，我明白沈亚蕴为什么会说很快就好。10分钟后，我瞧见沈亚蕴小心翼翼地分两次慢慢端出泡面，放在餐桌上。晚餐吃泡面，我倒不意外，沈亚蕴怎么看都和厨房八竿子打不着，也许要她煎荷包蛋或煮稀饭，都是很困难的事。

“好了，可以开动了。”听到沈亚蕴的话，我走到餐桌一侧坐下，摆出很兴奋的笑容。

“嗯！闻起来挺香的。”我的鼻子靠近了碗的边缘。

我说这句是事实。

来沈亚蕴家时，已经吃饱了，所以我绝不会像小丸，因为饿到发慌，所以啃什么东西都觉得好吃。

泡面封盖已经撕开了，雪白的面条、叉烧肉片、葱、肉末，和一些我叫不出名字的配料，都在一起约会泡热汤。我把封盖翻过来看，图案和实际内容差不多，但色彩比较鲜艳。封盖图案中间，一个大的白色版面，上面写着充满艺术风味的三个黑体汉字“一风堂”。

“这牌子不错，可是一来就卖光了，我找了好几家 7–11 才找到。”沈亚蕴拿起了 Hello Kitty（凯蒂猫）的筷子，卷着面条送入嘴巴。

“好几家？你为了买泡面，还特地坐公交车去找吗？”这大概就是我会在那家 7–11 碰到沈亚蕴的原因。

“对啊！找得我好累哟！我还先打电话问，确定那个门店有卖。”沈亚蕴面前有一只可爱的银色心形汤匙，她吃了几口面，再用汤匙慢慢喝汤。

Hello Kitty 筷子和银色心形汤匙，在我面前也有。女生吃东西，花样果然比较多，两碗泡面盒底下，还垫着有精美向日葵和草原图案的桌布，而中间摆的小巧的面巾纸盒，露出一张雪白面巾纸，边上还有几朵清淡的玫瑰，真是让我大开眼界。

我们几位圣战士，平常吃饭就简单多了，只要一次性碗筷就可以吃遍天下，就算要用手抓也没关系。不过，现在我要学着绅士一些，和沈亚蕴用同样的吃法。

“你上次出门，不会就是去买泡面吧？”

“我想想看，”沈亚蕴咬着汤匙，“好像是吧！外面太阳那么大，除非去找泡面，不然实在没什么好出门的。”

我想，现在应该可以下一个结论：我认识了一位宅女。怪不得她可以从下午睡到晚上，比我还厉害。我再怎么睡，至少下午两点以前都会醒过来的。

“如果你不想出门，为什么不直接在网上买泡面就好？你不会逛网店吗？”

“我是在网络上买很多东西啊！不过泡面每天都会吃，等网上的送来要好几天，我就只好直接去买了。”沈亚蕴站起来，去冰箱拿了巧克力牛奶和乳牛图案的马克杯放在桌上。

这女生真的天天吃泡面吗？我要不要告诉她事实真相？好好的分析一下，那些化合物在她身上会产生什么乱七八糟的作用？她再吃下去，我可能要替她向木乃伊博物馆预订一个展览名额了。

不过，现在沈亚蕴吃得这么开心，要去讲泡面多么伤身，大概会扫她的兴，以后再讲吧。

“你看，你说可乐过期了，所以我今天就把那些饮料都扔掉了，全换成最新的。”沈亚蕴把牛奶罐上的生产日期秀给我看。

“很好，很好。”我泡面吃得差不多，接过沈亚蕴的杯子和牛奶。我先替她倒，再斟一杯给自己。

冰凉的牛奶入口，又香又甜，在我的专业认知里，这要比泡面好多了，沈亚蕴总算做对了一件事情。

“对了，你说你读 W 大，是什么系呢？”

“我是英文系的，不过进来读了一年，觉得挺无聊的。”沈亚蕴撅起嘴巴。

“会无聊吗？印象中英文系的人，不是要读很多名家作品吗？既然你现在都待在家，可以好好欣赏一下。”喝完一杯后，我又倒了一杯。

“我暑假都没在看这个的，我看的是别的东西。”沈亚蕴放下泡面，走到房间里。

接着，沈亚蕴又从房间出来，把一个漂亮的纸袋放在我面前，纸袋外观鼓鼓的，从方正的浮出痕迹来看，里面应该是一本书。不知道这是谁写的，可以让沈亚蕴这么慎重，连摆在家都要包着。

“就是这个！”沈亚蕴慢慢把那本从纸袋中移出。

我一看到封面上的几个字，差点要把嘴里的牛奶全部喷出，还好我反应快，迅速用手盖住脸。我赶快吞下牛奶，匆忙地抽出几张面巾纸擦脸。而这本书还是完好无缺，但把沈亚蕴吓了一跳，她的手还是放在纸袋上，并没有把那本完全拿出来。

“你怎么了？”

“没事！没事！只是想到一个笑话，就呛到了。哈哈！”我找了个理由敷衍，故意大笑着，同时也要逼自己，绝对不要注意那本书。

“是什么笑话？”沈亚蕴的神情，变得专注多了。

“呃……这只有我和一堆臭男生才听得懂，你是香女生，等我哪天想到适合的，再告诉你吧！”

“香女生，好奇怪的形容哟！”沈亚蕴闻了一下自己的小手，神情很疑惑。

接着，沈亚蕴继续把那本从纸袋里抽出。我装得若无其事，完全不去瞄那本的封面，以免被唐上校监视到。

“你看，这本很棒哟！《终极英雄传加值攻略本》，这个很好玩耶！”沈亚蕴非常兴奋地逐字读着书名。

我不禁要想，这是老天爷开玩笑吗？当我被禁止上网打怪时，竟然跑进了一个《终极英雄传》的粉丝家里。

“请问那是什么东东？是在讲终极警察怎么打都打不死的冒险故事吗？”我故意不看攻略本，调整出无知的语调。

“啊！你很落伍啊！这个在线游戏很有名，你竟然都不知道！”沈亚蕴表情露出嫌恶。

“我是真的不知道，不然你要咬我吗？”我耸耸肩。

要这样回答还真是辛苦了我，我必须违背意志说话，这就好像古天乐或吴彦祖站在面前，但我要昧着良心说他们丑丑肥肥矮矮那样。但大局为重，个人的喜好可以先放下，现在当成演戏就好。

“唉！你这个和社会脱节的大叔，一定不知道这个游戏是韩国人的杰作，推出好几年了，全球玩家已经有2500万人。只要是学生，都一定听过《终极英雄传》。你一定是什么流浪汉来冒充优秀的C大学生，对不对？”沈亚蕴现在变了一个人，说话伶牙俐齿。

如果不是现在戴着高科技的监视眼镜，我一定会告诉沈亚蕴，她说的韩国人，就是“超级泡菜网络游戏公司”的制作团队，30岁出头的老板金泡菜聪明灵活，带领团队研发出许多广受好评的游戏。当然，最具代表的就是《终极英雄传》。

而金泡菜风流潇洒，又慈悲为怀，非常照顾同姓族人，所以不少姓金的韩国女星都和他有过绯闻。金泡菜来这里时，我还曾经要过他的签名照，每天早晚膜拜，保佑我一路破关。

可惜我现在不能说。现实和玩乐，我要划清界限。

攻略本封面上，那个灵气逼人、帅气逼人的金发弓箭手精灵，大概会嘲笑我不敢大方承认自己就是资深玩家。

“请放心，虽然我不够优秀，但我绝对不是山寨版的C大学生。平常在学校里，我都忙着研读课业，在闲暇时，我都会写毛笔字好好修养心性。”我高举右手宣誓。

“写毛笔字？为什么要写毛笔字？听说C大宿舍的网络速度不是台湾所有大学里最快的吗？你竟然没有好好利用。写毛笔字怎么可能会比《终极英雄传》好玩呢？”沈亚蕴看到我对攻略本没有兴趣，把那本书移到她自己面前，拿出来小心地翻阅。

“这你有所不知了，写毛笔字是修炼心性的机会，我写时都会用墨条、砚台磨墨。人生就是这样，需要不断地磨炼，才会产生宝贵的经验。”这时把唐上校的话搬出来用，绝对不会错。

“打怪不是也可以得到宝贵的经验值吗？而且它剩下的数值，都可以转移到自己身上，这个设计很棒。只不过我等级太低，只有5级，每次一打就要挂掉重练，好烦哟！”沈亚蕴可能误解我的意思，只听到“经验”两个字。

原来沈亚蕴是个等级5的菜鸟，她大概都是在游戏里单打独斗，要不然就是参加了太差劲的队伍，真该邀她入我的阵营里。

沈亚蕴放下攻略本，视线停留在开头的某一页，她右手托住下巴，眉头揪着，大概陷入升级的问题。

“你吃完了吗？”我站起来收泡面，看到她点头，也顺便替她收。我最主要的动机，是瞧一瞧她到底在看哪一页。

但经过沈亚蕴身旁时，我改变主意，并没有去偷瞄，反正她能不能升级都和我无关了。

Chapter 5

入网戒班的第三天早上，唐上校恢复了正常的穿着。开始给我们传授书法技巧，包括笔的姿势、手腕手肘的运用、运笔时毛笔各部位的使劲等。虽然唐上校讲得唾沫横飞，我们却听得昏昏欲睡，直到亲自写毛笔字时才清醒过来。

说归说，做归做，我们写的字，怎么看都像在核废料区长大的怪物：漆黑的肢体极度扭曲，皮肤皱得像烂了的千层糕，拿去在农历七月当贴符，恐怕都没人要用。不过，唐上校脸上倒是很祥和，耐心地一笔一笔指导。

“你的笔尖太重了，这里应该轻压中锋左转。”唐上校拿起卓维宝的毛笔亲自示范一次。

“理……理解！”卓维宝按照唐上校说的，再写一次。

“这样写就好看多了。”唐上校的话充满嘉许之意。

同样，唐上校也立刻点出我和洪砻宪的问题。经过指点后，我写出的字，至少不再是满纸乱爬的一团墨迹，总算有个像样的形体出现，要把它抓去避邪，价钱应该会比原先好一些。

“你昨晚说得不错，才短短两天时间，看起来你完全可以抵挡在线游戏的诱惑了，果然是孺子可教。哈哈！”唐上校的笑声，让我有种莫名的寒意。

难道唐上校早就有调查，沈亚蕴同样也爱玩《终极英雄传》，正好适合拿来测试我的定性？要是我把持不住乱了性，直接在她家上线去中土世界冲杀，我就前功尽弃了。

“那都是唐上校教导有方啊！”我要冷静，保持礼貌的笑容。如果参加网戒班，是一场实体化的在线游戏，我绝对不会误入唐上校设的陷阱。

晚上，我又出现在沈亚蕴家门口。我开始猜测，这个看起来可爱的小女生，究竟是天性如此还是她根本就是唐上校派出的卧底，要对我好好监视，看看我是否对《终极英雄传》难以忘怀？

“呃……我今天没有让小丸饿肚子了，它也一天没洗了。”沈亚蕴穿的是和医院病房差不多的睡衣，边说边打哈欠，她的头发又有几根当了天线宝宝。

我走进来时，不断打量沈亚蕴，如果现在的她，所表现的是一种浑然天成的演技，相信她有机会拿到奖项。

“可惜你不屑玩，其实我有两台电脑的，本来想，昨天是不是你也可以加入，不然老是我一个人玩儿……”沈亚蕴边说边摇手，“唉！算了！当我没说。”

“哈哈！我当然是不屑玩儿的，什么‘北极狗熊传’？哼！当然是比不上写毛笔字，它充满乐趣又能怡情养性呢！”我冷笑着。再一次，我又说出非常自虐的话。

“是《终极英雄传》啦！你记性很差啊！你是不是有老年痴呆症？”沈亚蕴不满地说。

“失礼！失礼！在下惶恐,不该打扰姑娘雅兴。”写了一天的毛笔字，我说话变得文言起来。

我走到阳台，小丸看见我，立刻从木屋里爬起来，对我亲切地摇尾巴。在我心中，对小丸已经没有任何的不满或嘲笑之意，它和我是命运共同体，至少现在这个时刻我会专心对待它。

“Hello！现在带你洗澡去。”我抱起了小丸。

浴室里，按照沈亚蕴说的，先让小丸在浴缸慢跑，等它跑累了，再用上威猛先生，并配合我专业按摩等级的刷刷功，然后让它接受大水的冲洗，洗净一身尘埃，再替它擦干。现在，又是一只人见人爱的不沾狗了。

这次帮小丸洗澡非常顺利，我用浴巾抱着它，送它回到木屋的怀抱。没多久，就见到它呼呼睡去。如果能像小丸那样没什么烦恼，睡醒就跑，跑累就吃，吃饱就洗，洗完就睡，似乎也是很惬意的事。

李晴璇的建议果然有用，三天下来，每次到沈亚蕴的家，我都用恭敬的心，不敢再多想什么在线游戏，只希望把小丸洗好。而它看到我，已经变得像皇宫里的小李子，要它往东，它绝对不会向西。这样我就轻松多了。

“Hello！小丸睡着喽！”我在阳台上大叫，木屋里散发出威猛先生的香气，而躺着的小丸没有动静。我探头往客厅看也没人在。而熟悉的乐曲，带着激烈战鼓声，从其中一个房间里传来。

我必须要克制内心不断掀起的激动，因为《终极英雄传》充满节奏感的乐声再度出现。我忍不住要“啦啦啦啦”地唱，但想到目前的状态，只好继续装白痴下去，这样才是明哲保身。

“这是什么声音？”沈亚蕴的房间，我还是第一次踏进来。从她专注的神情来看，想必正沉浸在厮杀的气氛中。

女生房间就是和我这种流浪汉种类的不一样，墙壁全都是鲜嫩的粉红色，其中一面贴了两颗大红心。

单人床上，铺着粉橘色的花瓣床单和被子，枕头则是布满淡紫色的碎花纹。床旁边有一个粉红衣橱和一张红色的小沙发椅，椅上躺着洋娃娃和维尼小熊。这两个玩偶面对的方向，就是沈亚蕴的白色电脑桌。

电脑桌有三层，由十几根支架撑起，放电脑和最上方的两层，支架做成优美的弯曲线条。沈亚蕴还真是个小女孩，所以家里都充满着可爱梦幻的风味。

“你好笨哟！当然是《终极英雄传》的配乐了。”沈亚蕴又用轻视的语气说道。

“你每天都在玩这个吗？这看起来挺傻瓜的，真的有那么好玩吗？”我站在沈亚蕴的旁边，看她一直按着键盘和鼠标，觉得手越来越痒了。

不行！不行！绝对不能再看电脑屏幕，这样会勾起我之前的美好回忆，我会原形毕露。而且沈亚蕴打得太烂，我更想传授她几招，让她快速升级，不要老是当菜鸟，不断落入砍掉重练的轮回里。

我的手越来越靠近沈亚蕴的键盘，真想把她推开自己直接来玩。但是，我终究恢复了理智，背对她走到窗边，拉开同样也是粉红色系的窗帘，欣赏外面肤色雪白的月亮。

“你才傻瓜呢！游戏里至少有10万种任务可以玩，而且什么中国、外国的招式都可以用，像什么如来神掌、龟派气功、伏地魔大逆袭，说它不好玩的，真的是猪头。”

我知道，沈亚蕴正在骂我。

“还有，里面有很多玩家都很厉害，例如说，其中有一个叫‘打宝打到 high’，是我玩的那个服务器里最强的，排行榜很多项都是第一名，我完全比不上。”

当沈亚蕴说到“打宝打到 high”时，我像是被嫦娥充满魅力的眼神电到，忍不住转头瞧瞧她的电脑屏幕。光是我所在地方，《终极英雄传》就有 10 个服务器，她竟然知道我这个在线代号。原来，我和她是站在同一个版本的中土世界地图上。

如果沈亚蕴知道，她觉得很厉害的那个玩家，就在她家帮忙洗小狗，不晓得会有什么反应呢？

“我……”本来想立刻说“我就是那位‘打宝打到 high’啊！很高兴认识你”，但是，理智立刻帮我关上嘴巴。

沈亚蕴仍然专注地玩游戏，没留意我刚才说了什么。我离开窗边，稍微往前几步，和电脑屏幕保持距离。

“你一定不知道，‘打宝打到 high’是多么神奇的人物吧？像是他创下的纪录，在 2249 个小城里把等级最高的怪物都杀了。

“而且，他有很多秒杀能力超强的武器，像是德州电锯、重型毒龙刀、超合金十字弓，最值钱最厉害的就是那把卡拉脆皮剑，是用极品九天陨石打造的……”沈亚蕴说时仍旧背对着我，“算了，说这个你也听不懂。”沈亚蕴摇摇头，继续玩游戏。

我倒是注意到，她所选的那个很像樱桃小丸子的小仙女，失血越来越多，很快就要挂掉了。

虽然我无法说出真相，不过沈亚蕴说的倒让我很感动。自余束发以来，即追随《终极英雄传》革命，无时不以信徒自居，无日不为扫除怪物，建设正义联盟之光明未来，努力奋斗。

但在中土世界征讨了这么多年，总是不被现实生活的人们所理解，特别是李晴璇，一听到我讲《终极英雄传》的种种就感到厌烦。所以我越来越偏好不管在任何时刻都和这群出生入死的盟友互动，顺便取暖一下，才能找到生活的动力。

我在游戏里，都忘了跑过多少小城，没想到她竟然随口就能说出，我真的该和她握手表示感谢才对。

“是啊！我还真的不懂。这有什么了不起吗？”真是对不起沈亚蕴，我只得一直发挥演技了，她大概猜不出来我到底在想什么。

“我懒得理你了。拜拜，不送！”沈亚蕴总算站起来，从电脑桌上拾起一个可爱的皮包，抽出一张百元钞票，不耐烦地交到我手上，然后又坐回座位。

我看到画面，如同预测，沈亚蕴的小仙女已经挂了，她现在只能牵亡魂飘回最近的墓地重新投胎当仙女。

我走到房间门边，真的想告诉沈亚蕴，请打开攻略本，翻到第882页，第五段第二行说，按Ctrl键一次后，要迅速按“8825252”，就是“爸爸饿我饿我饿”，就会有个骑扫把、额头上有闪电标志、戴黑圆眼镜的男生，飞过来送比萨，吃了之后会充满元气，很快就能把怪物摆平。

但这招儿会花不少银子，所以我不常用，不过我看到沈亚蕴的财产是足够付这个的，她要是不用这招儿升级一定有问题。

但我也只是想想而已，贸然指点沈亚蕴，我的毕业证书大概会在人间蒸发。希望唐上校能看见我戒掉在线游戏的努力啊！

之后几天，一直在网戒班里练书法。经过唐上校的耐心指导，我们三位的毛笔字，都变得漂亮多了，以后要写春联赚外快，应该有点机会。

我练习写了许多字，最满意的就是一张"捌捌贰伍贰伍贰"。为了怕唐上校发现我真正的想法，我把数字改成了填汇款单会用的标准汉字，还特别和他解释，这几个只不过是幸运数字，而且笔画多，很适合练书法。

我想，唐上校真的没玩过《终极英雄传》，更不用说有看攻略本，所以他才会给我满意的笑容。不过，世界上很多事不是说戒就能戒掉的。

又到打工的时间，我来到沈亚蕴家门口。一如往常，我先按门铃，但奇怪的是并没有人应门，我又按了好几次沈亚蕴还是没出来。

沈亚蕴不在家吗？她不是很少出门、都泡在房间里吗？还是今天她又跑出去买泡面？我拿出手机拨号码，不过另一端响了一阵子，最后进入语音信箱。我不死心，再按一次门铃，仍然没人回应。

我忽然心血来潮，转了门口的门把，没想到却应声而开。这是怎么回事？为什么沈亚蕴没上锁？我马上就觉得这很正常，她可能连自己裙子拉链没拉好都不知道，没关好门也不用感到太意外。

我还是保持警觉，小心地走进去。客厅里空无一人，但我平常洗小丸的那间浴室，现在却关上了门。

我发觉眼镜有些脏，大概是来之前跑去打篮球，汗流太多，在镜片上留下了污渍。我把眼镜摘下，暂时放在客厅茶几上。用这几分钟，在屋子里探个究竟。目前看来，浴室会是关键，我把拖鞋脱掉，轻轻靠近浴室。

浴室门把同样也没关，我一转就开。而浴室里的景象，着实让我吓了一跳：浴缸上方拉满了粉红的塑胶防水布帘，从灯光映照在布帘上的景象和哗啦啦的水声来判断，里面应该有“人”在洗澡。

当然，也有可能不是“人”在洗澡，农历七月快到了，也许是聂小倩来这里借洗一下。不过，我看到这个“人”的侧面轮廓，应该是性感美女，只有性感美女，才有如此迷人的身体曲线。

我看傻了，布帘慢慢被美女拉开都没留意到。突然一声尖叫，让我回神过来。

“啊！”叫的人不是什么阿飘，就是沈亚蕴，她慌张地用布帘包裹住身体。

“对不起！对不起！没想到是你！”我赶快走出浴室，至少放心多了，沈亚蕴没出事。

只是刚才的惊鸿一瞥，让我回味不已。

沈亚蕴没戴眼镜，全身都是湿漉漉的，她招牌的猪哥亮发型，也都淋成了清汤挂面。

我突然觉得沈亚蕴完全变了一个人，她其实是个美女，只不过让大眼镜和怪发型遮掩住了美丽。

“你怎么会进来的？你是不是偷拿我家钥匙？”沈亚蕴披了一条浴巾走出来，但眼睛充满愤怒的火焰似乎要把我烧成灰。

“拜托！你自己没关好门的吧！刚才我按了十几次门铃，都没人开门，所以我就打开门进来看。你要庆幸进来的是我，要是什么变态进来，看到你在洗澡，你就惨喽！”我连忙解释。

“哦！是这样啊！”沈亚蕴低着头，语气友善许多。

“你怎么会在这里洗澡啊？你房间不是有浴室吗？我只是要看有什么动静，没想到你没锁门，让我有点小尴尬。”

不过，我现在真的有点尴尬，不知眼睛该往哪里看，是要看她雪白的双腿？还是看她细嫩的肩膀呢？看来我以后不能再偷偷叫她丑八怪了。

“我房间浴室的水龙头坏了，没有热水，所以才到这间洗的啊！”沈亚蕴回头瞄了一下刚才那间浴室，她头发还是湿漉漉的，水滴一直落在她裸露的肩膀上。

为了避嫌，我后退几步走到落地窗前打开纱窗透透气，让自己冷静下来，免得我一直盯着沈亚蕴身上的浴巾看。我到阳台，把木屋里的小丸摇醒，要它跟着我去和威猛先生说 Hello。

“好了，没事了。你自己记得要锁门啊！还有，建议你头发洗完还是要吹干的，你这么弱不禁风，小心感冒，我可不想被你传染啊！”我现在倒是很想替沈亚蕴吹头发，但还是刻意和她离远一点。

“我才不会感冒呢！”沈亚蕴赌气地说，不过下一秒就开始打喷嚏。

我摇摇头，觉得这个傻傻的女生其实也挺可爱的。

当我走到浴室门口时，才发现小丸没跟在我后面，它赖在沈亚蕴脚边，使出招牌的摇尾巴动作。而她弯下了腰陪它玩，忘了自己又打了好几个喷嚏，最好赶快去换衣服才对。

“你不戴眼镜看得到吗？”

“就看不清楚啊！不过还是可以勉强分辨出来啦！至少我知道现在摸的是小丸。”沈亚蕴一直揉着它的脸，好像在玩橡皮泥一样。

当沈亚蕴松开手后，小丸却调皮地冲向前，咬住了她腿边的浴巾。而且一咬，就完全将她的浴巾扯开，让她立刻春光乍泄。

沈亚蕴再度尖叫，连忙蹲下，想遮掩裸露的身体。

我一直以为小丸很娘，没想到这时它显露本性，果然是血气方刚的“男子汉”，看见了刚洗完澡的美女，表现得比我还要冲动。

"小丸，你在做什么？"我故意很生气，表现出我是个见义勇为的路人，绝对不会像小丸那样，想偷看沈亚蕴的走光秀。

"呜……"这时沈亚蕴哭了起来，虽然她现在背对着我，不过我还是看得出，她用手遮着脸哭。

"小丸，你一定是在外面交了坏朋友吧！都是坏朋友的错，对不对？你这样不乖哟！"我赶紧把小丸咬的毛巾再抢过来。

不过，我真正的意思是：你是狗，她是人，你们之间是不会有结果的，就算你把她扑倒也没有用。

"好了，不哭！不哭！"我从沈亚蕴背后慢慢靠近，替她披上浴巾。

沈亚蕴很紧张地将自己包在浴巾里，身体缩得更紧。

"我现在去阳台，你起来吧！我保证，绝对不会偷看你。"我言而有信，立刻走到阳台欣赏风景，而且背对客厅。

接着，我听见了匆忙的脚步声往另一个方向而去。我想，沈亚蕴现在应该跑回房间里了。然后，啧啧的口水声也出现了，我觉得小腿旁边有毛茸茸的东西，低头一看，果然是小丸。

我转了一下头，客厅果然没人，为了信守承诺，我继续往外头望去。

"小丸，你这只大色狗啊！呵呵！"我摇摇头，小声地自言自语。

"那个……我好了，你可以转过来了。"终于，我又听到沈亚蕴的声音。

我走进客厅，沈亚蕴又是原来的打扮，大眼镜、猪哥亮发型和土气的碎花洋装。她的造型师到底是谁啊？！真该拖出来枪毙才是。

突然想到，大概有十几分钟监视眼镜没在脸上，这可不是开玩笑的。我急忙把它戴上，然后抱起小丸，准备带它洗澡去。

“那个……”沈亚蕴叫住了我。

沈亚蕴看着我，一语不发，她好像是有话想说又不敢说，我对她笑笑，伸出左手，示意她不用客气。

“刚才……它……那样……”沈亚蕴顿了一下，很快地说，“你没有看到吧？”

沈亚蕴是问我有没有看到她刚才性感诱人的身材吗？我怎么可能会说有呢？

“姑娘，你想太多了，我近视很深的，而且你没有发现吗？从我进来到现在，都忘了戴眼镜。”

“哦！”沈亚蕴似乎放心不少。还好她不知道，我根本没近视，两眼视力可都是满分。

Chapter 6

沈亚蕴披浴巾的模样，真令我难忘。回到宿舍后，我脑中仍不断播放关于她的镜头，从睡着到睡醒都如此。

到了网戒班，继续心不在焉，虽然手上在写毛笔字，但所有的想念都聚焦到她身上。还好那晚她没有被拍进监视画面里，也还好现在科技没有进步到可以窥探人的内心世界，要不然我喜欢她的秘密将无所遁形。

认识沈亚蕴，或许是参加网戒班的收获。她热衷于《终极英雄传》，和我志同道合，再加上她也是个标致的女孩，只不过缺乏适当的打扮，所以无人追求。

沈亚蕴和李晴璇，如果要我选一个的话，我应该会选沈亚蕴，至少两个人可以肩并肩在中土世界奋战。我的盟友清一色都是男生，我身为领导者，有个红粉知己应该也不过分。

其实，要和沈亚蕴在一起应该不难。根据我这几晚观察的心得，她的生活圈小到只能用显微镜看，也没有人追她，就连蚂蚁、蚊子、小强都对她没兴趣。我不会有什么竞争对手，而我现在还需要天天到她家工作，无论从哪个方面看，都是一个近水楼台先得月的绝佳条件。

但人生总是无法如己所愿，眼前有一个重新找回爱情的机会，但我被网戒班束缚住，不能和沈亚蕴谈关于《终极英雄传》的话题，也不可以公开自己的真实网络身份，所以她也不了解我到底是什么样的人。

面对这样的难题，我无法到处找人请教，无法上网问网友，只能自己解决。

写毛笔字的课堂中是思索对策的好时段。

从早上练到下午，我慢慢想，我只是被禁止所有的网络活动，不代表我不能做别的事。如果我跑到夜店，找辣妹畅谈促进世界和平的方法，或者免费当模特的心灵导师，唐上校绝对会赞成。

换句话说，只要我能找出沈亚蕴其他关注的事物，只要不是网络的，那么我就可以增加和她的交集，要追到她的概率就会提高不少。

好！

在舒服凉爽的空调环境里，我放下笔墨纸砚，也放松心情想想看，不爱在线游戏的美女，平常没事喜欢做什么呢？

脑海中再度浮现出李晴璇的身影——

我才做完实验，护送几只白老鼠和青蛙上西天参见玉皇大帝，她就在我教室外走廊等着，我旁边的同学对我投以羡慕的眼神。

“你今天上完课有事吗？”

“呃……”

“今天是精品店三折的最后一天，很多衣服我都想买呢！平常打工好辛苦，这时候要好好慰劳自己才行。”

李晴璇挽着我的手，这时我应该高兴，因为有一对情侣正在放光，而我是男主角。

“哦……好！”我勉强答应。

李晴璇不知道，晚上我已经和盟友约定要完成一项重要任务，将村落青年写的情书送到猪角巴浩城堡，但我们半路被忍者穿山甲突袭，双方杀得难分难解，只有等到下次再战。今晚可是非常重要的决战日，我怎么能缺席呢！

但是我还是陪李晴璇逛街了，她在精品店内，对每件衣服、饰品、包包都看到眼睛发亮，没注意我一直偷瞄手表。最后，我搬出要和同学讨论明天报告的理由才溜出店外回到中土世界征战的行列。

嗯，只要是女生都爱逛街。我得出简单的结论。

晚上来到沈亚蕴家，她一副没睡好的模样，穿着朴素的条纹睡衣开门，而我希望可以让她的生活有一些，这样我和她的心理距离才能拉近。

“看你这样，你还在睡吧？”

“哦……是啊！”沈亚蕴打起哈欠。

“所以，你还没吃晚饭吧？”

“对啊！反正……睡好……再吃吧！我……准备……吃……炸酱面。”沈亚蕴说话断断续续，眼睛都快合上了。

“不如，我请你到外面吃吧！回去后，我再替小丸洗澡。”

“外面？”沈亚蕴继续神志不清。

“嗯！我知道夜市有家不错的章鱼烧小丸，我请客。”

“要吃……章鱼哥……吗？”沈亚蕴说完，整个人倒在我身上，差点让我摔倒。

看来沈亚蕴还在熟睡状态，我只好把她抱起来，小心翼翼地将她送回房间。

她很苗条，所以抱起来并不会太吃力。虽然我很喜欢这种护送娇柔身躯的感觉，但我不能流口水，必须冷静。她房间的空调没关，我也替她盖上凉被。看来只能等她醒来再带她出门吃了。

我先把小丸洗好，然后坐在客厅看电视。不过，一直到晚上12点，她还没睡醒，我考虑到第二天早上要去网戒班，只好先离开。

“那个……”

就在我要带上沈亚蕴家大门时，她突然从房间出来叫住我。

“你醒啦！”我高兴地说。

“那个，刚才是我自己去床上睡的？还是你抱我到床上睡的？”沈亚蕴问我时满脸怒容，我觉得有点奇怪。

“是小丸拖你到床上睡的啦！我可是手无缚鸡之力的书生，怎么可能抱得动你呢？”

不过，沈亚蕴对于我的幽默感，并没有笑出来，反而对我伸出手掌。

“把我的内衣还我！”沈亚蕴大叫。

“什么内衣啊？”这也太扯了！沈亚蕴眼中我竟然变成这种下三烂。

“人家里面本来有穿的，结果醒来就没了，一定是你偷拿的！你是不是对我怎么样了？”沈亚蕴现在精神都来了，对着我喊的音量，足够被开罚单。

实在太冤了！我很确定抱沈亚蕴时，从她背部光滑的触感上，就知道她没穿睡衣，害我不好意思乱瞄，免得被唐上校认为我图谋不轨。但现在要怎么解释呢？

“不然你搜我身好了，找得到任你处置。”

沈亚蕴非常听话，开始在我身上乱摸，感觉她像在搔痒，我必须忍住不笑。

“一定是你偷的！”沈亚蕴仍一口咬定我是色狼。

我真的没想到，我因此去警察局体验了一把，沈亚蕴打电话报警，在局里把我说成是偷内衣的色狼。不过，这件事后来很快摆平，唐上校带着保安出现，跟警员闲聊几句，我就被释放。

神奇的是，后来警察到沈亚蕴家搜索，竟然在小丸的木屋里，发现了她的内衣。她惊呼，不敢相信小丸会做这种事，而那位保安变成动物心理专家，说现在月圆，有的狗会产生神奇的力量，做出怪异的举动，像是对月亮捶胸大叫，或是偷内衣。

这样的说法，真的镇住了沈亚蕴，她不再计较。事实上，也无从计较，因为现今的法律，只管人，不管狗，就算狗犯案了，也没办法给它做笔录和口供。

“真是感谢唐上校相助！”到了网戒班，我感激地说。

“不用客气，只是小事一桩，你为人如何，我们可都是看在眼里的。”

唐上校这么说，我不知道要高兴还是难过，高兴的是这种监视行动可以证明我的清白，但从另一个角度看，也代表着我根本没有机会去向沈亚蕴表露真实面目了。

但我还是要努力继续寻找，可以促进两人更进一步的机会。

轻触沈亚蕴美背的感受在我心中发酵。

我想，生活里不能没有她，这如同打怪，必须不怕挫折，一直尝试下去，相信有一天爱情之门会再度开启。

今晚到沈亚蕴家，她清醒多了，从她穿着小碎花洋裙就能看出。

“你吃晚饭了吗？如果没有的话，我可以请你吃。”我从木屋里抱起小丸准备去浴室。

“还没。”沈亚蕴简短地回应。

“你还好吧？”

沈亚蕴脸上没表情，不知道她是否将昨晚的风波怪到我头上。

“没事啊！至少衣服没被偷。”

沈亚蕴说话的语气，还是把我当变态狂看。

“你看，你惹主人生气了喽！向主人道歉好不好呢？”我让小丸站着，并对沈亚蕴深深鞠躬。

“呜！我好惭愧！1岁偷看女生洗澡，2岁下载苍井空的片子，3岁把妈妈送到非洲当用人，4岁和隔壁小白乱来得了花柳病，5岁偷了一堆女主人的内衣拿去卖，我好惭愧哟！”小丸哭泣说着，但它嘴巴都没动作。

“哇！你做了这么多坏事，还是赶快自我了结吧！要不然去狗肉店也不错！”我对小丸大叫。

这时，沈亚蕴总算有些笑容，从我手中抱过小丸。

“算了，我不计较了，它这么小，卖到狗肉店也不值钱。”

听沈亚蕴这么说，我也笑了。

之后，我快速把小丸洗好，而沈亚蕴也跟我到楼下，虽然马路上车流不断，但我还是可以听到她肚子咕噜噜叫的声音。

“很饿了吧？”

“对啊！本来想吃泡面的。”沈亚蕴点头。

我把安全帽拿给沈亚蕴，让她戴上，为了载她，我特别再和朋友借了一顶。

“那上车吧！你穿裙子，只能侧坐，要扶着我哟！”我已经跨上了摩托车。

“可是，我很少坐摩托车耶！”沈亚蕴有点担忧。

“没关系，慢慢来。”我拉着沈亚蕴，她侧着身子，然后慢慢坐在后座上。

“你看，这很简单，对不对？”我像哄小孩一样地说。

沈亚蕴点点头，她一只手扶着我肩膀，另一只则抓住了后灯上方的储物架，我确认她已经抓稳才发动引擎。

由于载了女生，我起步速度没有像往常那么快，一路上，我任凭微风吹拂，享受速度的快感。我想在户外月色星空的陪衬下，沈亚蕴或许会对我开始产生感觉。

但没有多久，我觉得不太对劲，因为肩膀并没有被抚触的感觉，我回头，才发现后座是空的。

我赶紧把摩托车停在路边，往原路奔去，只见沈亚蕴跌坐在地上，还好路上没车，不然真是非常惊险。

“你还好吧？”我奔向沈亚蕴，连忙扶起她，她脸上流露着痛苦的表情。

“没坐稳就摔下来了。”沈亚蕴多了几行眼泪。

“对不起，是我的错。”我用手擦掉沈亚蕴的泪珠。

之后，我只好和沈亚蕴搭出租车去吃自助餐，不过她点的东西不多，吃了一小点儿就不动筷子了。她一直揉着背部和屁股，似乎还在疼。

“不然等一下去看医生好了！让你摔着，我真的很抱歉。”

“不用啦！应该没事的，只是我不习惯坐摩托车。”

“你很少被人载吗？”

“对啊！”沈亚蕴不好意思地说。

“哦！”

“我想我还是坐公交车好了，至少比较安全。”

沈亚蕴喝着可乐，从刚才到现在，她无限畅饮的饮料一直都是可乐。

“是啊！”我配合地说，心中不断在想，接下来还有什么方法可以和她相处。

“说到可乐，我想到了《终极英雄传》里的油切魔法药水。”盯着手中的饮料杯，沈亚蕴眼睛亮了起来。

“油切魔法药水？这是什么鬼东西？”只要沈亚蕴提到和游戏相关的，我都要机灵一点，赶快说反话。

“请你放尊重一点好吗？这可是好东西，它可以有效消除体内脂肪，能增加敏捷度。另外，还有刀枪不入防砍背心也是不错的宝物，可以增加生命力和体力。”

“了解，了解。”我点头。

“像里面还有超渡制度，也是非常好的，只要把怪物解决掉，怪物所剩的一切，全部都归玩家所有，像是经验、力量、魔力、智慧、攻击力、攻击率、防御率、魔法攻击率、魔法防御率、回避率、功勋、荣誉……好多哦！说都说不完。”沈亚蕴不断地数手指头，差点连我的手指都要借过去用。

就这样，餐桌上我听到的，几乎都是沈亚蕴对于《终极英雄传》的心得，我几乎无法插其他的话进来。我不想说太多反话，但是也无法附和，只能点头，反正唐上校也看不到我点头。

后来，我决定以毒攻毒。隔天晚上，送沈亚蕴全新的T恤和牛仔裤穿，坐出租车，把她带到舞厅去，看看里面群魔乱舞的气氛会不会感染到她，激起她疯狂的潜意识。

但这招还是没用，虽然沈亚蕴不再穿土里土气的洋装，但她只是静静地坐在旁边喝可乐，看着我和许多辣妹热舞。

不过，舞池中，我也无法专注，很担心沈亚蕴会不会被人下迷药，每跳完一首，我就跑到她座位上关心她，而她谈的东西还是一样。

“这舞曲听起来，好像在艾斯艾斯贝比冰原里的背景配乐！”沈亚蕴一直吸着杯里的可乐。

“哦。”

“你知道吗？《终极英雄传》里分成了两大联盟，就是光明联盟和黑暗联盟，每个联盟都是由三个种族组成的，光明联盟里有风人族，真甲仙族、起笑精灵族，黑暗联盟里有妖兽族、丁丁魔族、山寨精灵族……”

沈亚蕴开始介绍起种族了，其实我每个族都玩过，但还是不能说，只有继续点头。

“呃……我想，我们还是回去好了！”我无奈地说着。

“回去？你不是和那些女生跳得很 happy 吗？”沈亚蕴一脸惊讶。

“已经很晚喽！再跳下去，警察都来临检了。我没带身份证，我可不想再去里边蹲。”我编了理由乱说。

“也好，我也想回去翻翻攻略本。”沈亚蕴跟着我离开，我注意到从进来到现在，几乎没有男生和她搭讪过。

我现在发现，真正该上网戒班的人，应该是这个小女生吧！和她除了朋友外，到底还有没有别的可能性，我得再好好想想。

Chapter 7

深夜，我回到宿舍，但没看到卓维宝和洪睿宪，只有保安甲和保安乙继续担任门神的工作。保安甲告诉我，他们正在二楼看电视。

的确，我在二楼交谊厅找到了他们。他们脸上尽是痴呆面容，彼此你看我、我看你，都不敢玩真心话大冒险，免得被唐上校抓到小辫子，我总得想办法。

忽然，我脑中闪过光芒，心想这招儿之前就学了很久，也该拿出来亮相了。

“Acheyla！”我用神秘优美的音调对卓维宝说。

卓维宝一听，眼中立刻闪耀出光芒，全身由化石迅速升级为活蹦乱跳的娃娃鱼。他不可置信地看着我，差点就要从椅子上跌下来。

“你……哇！”卓维宝越来越亢奋。

卓维宝没听错，我正在说精灵语，这可是魔幻文学大师托尔金精心设计的语言，也变成我们在《终极英雄传》里和盟友聊天时常用的话。

我们很用功，经常上精灵语小学堂学习。只要通过考试，就能得到精美的牛皮执照，在全黏福利店铺血拼时秀出，可享八折优待。所以我们三个人打仗时，身上总是会有许多耀眼的装饰。

“A……chey……la！”卓维宝明白我的意思，和我说了同样的精灵语，这个字意思很简单，就是“安安”。

“Eque minque alasse！”我又说了一句，意思是“讲精灵语真酷”。

“U……ma！”卓维宝一直点头。

“Dos eque minque？”这时洪睿宪也加入，第一句就是问“你在说精灵语吗”。

“Uma！”我看着洪睿宪，这代表“是的”。

“Quel intya！”洪睿宪的意思是“好主意”。

“Dos alasse o menel？”我问另外两位“这几天快乐吗”。

“Numa！”从洪睿宪摇头的表情就知道，答案当然是“不”。

“Nu……ma！”卓维宝也摇头，说的是同样的字。

“Amin voa！”我叹气说着，这代表“我想也是”。

我注意到，这样聊下来，卓维宝和洪睿宪现在变得有精神多了。

不过，讲精灵语非常绕口的，没几句就口干了，我去买了几瓶饮料请卓维宝和洪睿宪喝。

“Amin mere ndengin uuvanimo！”洪睿宪喝着饮料，变得激动起来，他要讲的东西很简单，即“我要打怪”。

“U……ma！ Nden……gin uu……va……ni……mo！”卓维宝也说了真心话，代表“是的，打怪”。

“Bronie！ Mennai rimbe menel！”我忙着安慰,这代表“忍耐，再撑一阵子就好了”。

“Bronie onta nwalya！”洪睿宪无奈地说，我知道他的心声，即“忍耐是痛苦的”。

“Amin hanya！”我的语气变得和缓，意思是“我知道”。

我们的心情笼罩了乌云，眼前日子并不在预料中，我们也不想全盘接受。当我们越想回到那段厮杀和欢笑的生活，就会觉得它更加遥远。

后来大家都回去洗澡睡觉，继续等着同样无味的第二天到来。不过，我在床上想了许久，甚至半夜还爬起来上厕所，只见那两位保安，仍旧像千年神木，屹立不摇地站在门边守候。

“辛苦了，两位。”

“你们晚上聊得满愉快的，那个是世界语吗？”保安甲果然在监听。

"没有啦！那是一个非洲部落的话，我和两位室友都是很有爱心的，以前还认养过那边的小朋友，所以就会说一点喽！"我乱扯。

"原来是这样子。"保安乙也被我唬住了。

"其实唐上校挺关心你们的。"保安甲说。

"当然！当然！呵呵！"我客气地笑着。

睡觉前，我和卓维宝、洪睿宪又用精灵语闲扯了一会儿。我已经很明白他们的想法，对于《终极英雄传》的热爱，不是在网戒班上课就能浇熄的。

这一阵子完全无法踏入中土世界，更不用说使出如来神掌与龟派气功向妖兽族或山寨精灵族问好。心中的忍耐，已经到了即将决堤的临界点，随时都要崩溃。

无论如何，我都要努力和唐上校讨价还价，就算只能玩10分钟也好。

"唐上校，我有个小小的提议。我知道网戒班真的很好，对我们很有帮助，但是可不可以稍微通融一下？比如说，上了10天课，可以玩个1小时。我们真的快受不了，完全都不能碰在线游戏觉得好难过。"网戒班课堂上，我毫不迟疑地说出要求。

"你们意思是，今天可不可以去玩在线游戏，是吧？"

唐上校果然老练，一下就听出我真正的重点。

“你们要玩，我不反对。”

听到唐上校的话，我们精神一振，看来奇迹出现了。

“不过，先带各位去一个地方，看完后，你们再决定要不要玩。”

“什么地方？”洪睿宪问。

答案很快就揭晓了，半小时后，唐上校和我们出现在一座殡仪馆里。我们从灵堂走到了太平间，管理员打开冰柜其中的一扇门，拉出铁板，上面是全身覆盖白布的尸体。巨大的、压迫感十足的寒意朝我们脸上扑来，让我们三位不由自主地向后退了几步。

“来！和我儿子打招呼吧！他就是在网吧一直玩在线游戏，连续玩了好几天都没睡，所以就暴毙了。有人告诉我，他倒下时，电脑的画面就是《终极英雄传》……只可惜，他没有机会再玩下去了。”

我可以感觉到，在唐上校平缓的语气里，藏着深深的无奈。

唐上校把白布慢慢掀开，出现的是一个苍白而年轻的面孔。他头发有些零乱，眉毛很细，嘴唇薄薄的，五官排列得很好看，如果没有挂掉，也是个帅哥。只可惜，现在只能静静地躺在太平间里，让大家瞻仰遗容。

唐上校之前的威风霸气已经消散，在我们面前的，只不过是位哀伤的大伯，他的手停留在男生脸上微微颤抖。唐上校没有哭，但卓维宝和洪睿宪的眼眶里含有泪水。我收拾好原本想说笑话的心情，严肃以对。

“对不起！是老爹的错，平常都在忙工作，忘了注意你，让你沉迷在网络世界里无法自拔。

“你以为你在游戏里找到了自己，但是你的灵魂正一点一滴地流失。我却没有发现到这么严重的情况，把你从魔鬼的深渊中拉出，一切都是我的错。对不起！真的很对不起！”

唐上校弯着腰，靠近男生的右耳说，而唐上校的手，隔着白布，紧紧握住了男生的右手。

“如果时光可以倒流，我一定会好好关心你。这辈子我们已经缘尽，希望下辈子能够再续缘。”唐上校轻柔地替男生梳好头发，把白布盖好。

管理员将铁板收回冰柜，“咚”的一声，冰柜的外门已合上。我轻轻挥着手，在心中向躺着的男生说“安息吧”，卓维宝和洪睿宪情绪同样低落。

耗在网吧，最后玩到挂掉，这种新闻我常常听到，但身边的盟友都懂得养生保健之道，没有一个会蒙主宠召。只不过，第一次碰到因为这样而归西的人，心里还是会感到震撼。

“唐上校，令公子的事我很难过，请节哀顺变。”我诚恳地说。

“逝者已矣！我已经逐渐淡忘了。不过我想问各位，像我儿子这样的状况，通常会得到一个外号，不晓得你们知不知道？”

“外……号？”卓维宝只是瞧着唐上校，我和洪睿宪彼此看了看，大家纷纷摇头。

“死阿宅！”唐上校又恢复了犀利的眼神，说这三个字时，目光扫过我们三个人。

死阿宅！这好像更适合拿来骂我们，而不是用在冰柜里的那一位。

“我也知道网络文化的，像你们这种整天只会窝在房间里上网，从不接触外在环境的，就是标标准准的阿宅。

“但充其量，顶多是个还活着的阿宅，要是玩游戏玩到出人命，当然就变成死阿宅了。”唐上校义正词严，让我们没有反驳的余地。

“明白！明白！”我连忙附和。

“哇！我不要当死阿宅啊！”洪睿宪突然放声大哭。

“所以，我宁愿你们现在恨我，也不希望哪一天又在太平间看到你们其中一位躺在一个小小的格子里和我儿子做伴。”唐上校右臂一挥，指着刚才那排冰柜。

唐上校真是用心良苦，拿他儿子给我们当教育素材。

虽然，我从来不把自己当阿宅看，不过在别人眼中，我们可能就是非常无聊的阿宅吧！

“现在，还有谁想玩在线游戏的？”唐上校这个问题，已经预设了答案，在目前这种场合里，谁还会有心情打打杀杀呢？

我们很有默契地一起摇头。

“一想到在线游戏，我就恨死它了！”我非常激动，但心里还是想再回到《终极英雄传》里。

“我……去……写……书……法……好了。”卓维宝虽然说话不利索，但头脑一向灵光，讲的完全是唐上校想听的。

不过卓维宝可能改变了心意，真的想写书法。

“算了，我不想就这么挂掉。”洪睿宪淡淡地说。

“那敢情好，今晚大家工作完，晚上12点在殡仪馆门口集合，我带大家去网吧逛逛。”

唐上校这句话，让我们都吓了一跳。他不就是希望我们摆脱这个恶魔的深渊吗？为什么又要大家去和魔鬼共舞呢？而且还是古怪的午夜12点！

依我的猜测，唐上校要带我们去网吧，大概不是开机上线打怪去，他应该没有这么佛心。虽然如此，今晚心情也变得不错，我也不在乎现在是台风夜，仍然开心地把小丸洗好。

我打开电视，调到新闻台，教小丸如何看卫星气象图，替它开发在慢跑、游泳之外的第三专长。

“你今天都在家里吗？”我问。沈亚蕴只有应门时才看得到她人，然后她一直待在房间里，直到我开电视才走出来。

“台风夜呀！不待在家，要去哪里呢？”

沈亚蕴这个理由不错，但以她的个性，也许要等到台风把她家灭了，她才会跑出来看看。

“可以去殡仪馆啊！和阿飘做朋友也是很不错的。你知道吗？殡仪馆里有很多高手，是在网吧玩《终极英雄传》挂掉的，所以你去那边逛逛，就会有阿飘指点你几招儿了。”

“神经病！”沈亚蕴抢过我手上的遥控器，调到别的台，她聚精会神地看，因为这个台正在讲解《终极英雄传》的隐藏任务。

不行！不行！不能表现出很在意电视内容的样子，我站起来，走到落地窗附近，欣赏超级台风。

“你大概不知道吧！那个‘打宝打到 high’，好像有几天没上线了，他在排行榜上虽然还是第一名，不过很多数据都没变，不知道他怎么了？”

沈亚蕴的声音，从我背后传来，让我心头揪了一会儿。

我何尝不想更新数据呢？谢谢你这么关心我的情况。只是，我仍然不能说。

“这不就是一些虚拟的数字吗？有什么了不起！搞不好，这家伙是个瘦巴巴的小狗狗，被台风一吹就吹到北极去喽！”我不在乎地说。

“你才会被吹到南极去呢！钱在桌上，等一下出去把门带上。”沈亚蕴关掉电视，走进房间。

沈亚蕴的话，我都照做，看来我与她的心理距离，是越来越远了。

午夜12点，狂风暴雨。不过我和卓维宝、洪睿宪准时在殡仪馆前现身，没多久，来了一辆黑色越野车，开车的正是唐上校。

不过一坐进去，唐上校要我们都戴上小丑的头套，就好像电影《黑暗骑士》里一开始那群抢银行的家伙，而且，每个人都配了AK47，我们三人好奇地摸着。

“唐上校，请问待会儿到底要做什么？没想到网戒班竟然有这么大的阵仗，真是太神奇了。”我问。

“放心，我们不会做伤天害理的事。而且，你们的枪都是玩具枪，我拿的才是真的，不要太兴奋了。”唐上校也戴上了小丑面具。

我们潜入一家网吧，唐上校把一个浑身肌肉的刀疤男打昏，交给我们捆绑，并抬进越野车内。

过了半小时，我们来到一间废弃的仓库，随处可见破烂的钢铁或汽车材料。刀疤男被绑在椅子上，四周只有几盏昏暗的灯光，我们一直戴着小丑面具，而光线照在唐上校面具上，更显得阴森恐怖。

唐上校给我们看了DV，原来，唐上校是要替天行道，这刀疤男平常在网吧的排气孔偷放兴奋剂，借此控制网友。而唐上校给刀疤男松绑，让他和唐上校自由对决，刀疤男立刻从地板抄起一把武士刀。

但是，不管刀疤男换什么武器，不用1分钟就被唐上校火速的拳法打得变成趴趴熊。我开始同情刀疤男，今天碰到了无敌的大魔王，要升级增加经验值大概要等到下辈子才有机会了。

“各位，你们玩在线游戏最大的乐趣，就是打怪练等级吧！”越野车上，唐上校所说的我们无法否认。

“你们有没有想过，游戏里不管多么会打怪，现实生活中碰到一个混混，你们还是打不过他，要是他想抢你的女朋友，你有办法保护吗？”

“是啊！如果不能英雄救美，英雄就只是狗熊了。”我有感而发地说。

“所以，你们想继续待在网络里打怪，还是和我学习格斗神拳，在现实世界碰到什么妖魔鬼怪都能打？”

格斗神拳？

这就是唐上校那套火速拳法的名称吗？

有神快拜啊！

在唐上校的指导下，我们认真研习格斗神拳，招招结实有劲。我得把自己的本领越练越高，担起维护世界和平的责任。而他开的菜单，有渐入佳境的感觉，所以日子能凑合着过。像今天，他找了一位造型师Robert，要让我们改头换面。

Robert喜欢人家叫他萝卜，听说在演艺圈炙手可热，一堆大牌明星、歌手，皆指名要到他的工作室做造型。

我和卓维宝、洪睿宪都是走节能路线，所以不注重外表，而是努力提升内心境界，以强化升级功力为最大生活目标。但我们也可以随遇而安，既然现在有当型男的机会，当然求之不得。

这位小白脸造型师萝卜，的确很有本事，两三下就把我们三个变换成了新面貌。像我，不再是满脸胡碴儿的流浪汉，身上的衣服也都变成时尚杂志上看到的服饰，我们的监视眼镜，同样也换成更有时尚感的，人人看起来都可以去演偶像剧。

只不过，服装费我们要自己付账，但大家的银行账户都很羞涩，于是唐上校又找了银行专员来办信用卡。他说，天底下没有白吃的午餐，羊毛要靠羊自己来提供。

唐上校真是用心良苦，让我们多了好几万块的债务。我开始想，要不要直接在网络上把卡拉脆皮剑给卖了，好还账，正我还有很多武器可用。从镜中看到自己，的确是体面多了，相信之后就不会再被警察叔叔当成枪击要犯。

我想，晚上沈亚蕴看到我应该会心动，或许我不用和她说出真相，我也有机会和她友情升级。

巧的是，我在吃晚餐时，刚好碰到了兽医盟友廖厚辉。我和他打招呼，而他一直打量我全身，大概不敢相信我已经彻底大改造了。

“你剃了大胡子，我差点认不出来。”廖厚辉拿着餐盘，在我对面坐下。

“人总是要改变的，不是吗？”看见熟悉的盟友，让我非常开心。

“对了，你上次不是来我诊所挂号吗？后来你那只小狗的分裂狗格怎么样了呢？”

廖厚辉记性真好，他不说我都快忘了。

“哦！它哦！它应该是标准的公狗吧！我亲眼目睹它在月夜风高的晚上，看到裸体的漂亮女生就冲上去……”

“你是说，它对母狗发情吗？这很正常的，如果你觉得它太不正常，我可以替它打针，缓和它的雄性激素。”

廖厚辉完全不知道，我说的是小丸偷袭沈亚蕴这件事。我现在戴着监视眼镜，话可不能说得太清楚。

“好主意。”

我瞄了一下廖厚辉的手表，也该去沈亚蕴家了。

“为什么你和你那两位学弟，最近都没上线了？我碰到不少问题，需要你指点一下。”我很清楚，廖厚辉问的是关于《终极英雄传》的状况，我要小心回答。

“我除了关心小狗，也很关心全世界的饥荒，还有温室效应，北极熊都快没地方住了。我要把自己的视野放开，做个有宏观视野的地球人。”我这么一说，廖厚辉脸上尽是“该去看医生”的神情。

“你是忙着泡妞吧！这样也好，泡妞也比我整天看小狗小猫有趣多了。”廖厚辉八成是看到我的外形，才有这样的推测。

廖厚辉这么说，似乎也没错，我开始有泡妞的念头，只是还没有进行而已，今晚倒可以试试看。

Chapter 8

来到沈亚蕴家门口，我非常小心地按门铃，而且趁等待的时间，整理一下自己的新衬衫，摸摸光滑、没有胡碴儿的下巴，心中充满了迎接桃花运的喜悦。

我已经焕然一新，不再邋遢。就算我不告诉沈亚蕴，我就是她崇拜的玩家“打宝打到 high”，她看到我崭新的外形，应该也会心动。

没几秒钟，门已经打开。沈亚蕴仍是土气的模样，而她看到我，并没有任何惊奇的反应，转身就进入屋子里。我原本预期她会说什么赞美的话，结果她一个字都没说。客厅里虽然有两个人在，却陷入了尴尬的气氛里。

“你怎么了？不舒服吗？你好像精神不太好。”暂时放下沈亚蕴没有注意到我的失落情绪，我先打破沉默。

“没有啊！我在家都是这样的啊！”

“那你有没有注意到，我有什么不一样呢？”看来我必须要直接点醒沈亚蕴才可以。

“你有什么不一样吗？”沈亚蕴不解地问。她反应可不是普通的迟钝，难怪那天会走光。

“难道你没有发现，我今天变得比较体面了？”我在沈亚蕴面前刻意晃来晃去，就是为了要秀出我的新造型。这可是萝卜大师精心设计的，走在路上，都觉得自己虎虎生风，充满了电力。

沈亚蕴仍然是一张空白的脸，呆呆地看着我。

“你不就是刮掉胡子，然后换一套衣服，这有什么了不起吗？”沈亚蕴这么说，大概是存心要气我。

“拜托，你是不是整天都窝在房间里上网，从来都不接触外在环境？所以根本不知道，我穿的是市面上最潮的品牌。你根本就是一个死阿宅！”我火气也来了，拿出唐上校之前说的话来说沈亚蕴。

“你……你说什么？”沈亚蕴提高了分贝对我大吼起来。

沈亚蕴这么激动，着实让我吓了一跳，她好像吃了炸药，突然在我面前火山爆发。不过，我也不是好惹的，比吵架，绝对不会输给别人，更不可能会输给这个小女生。

“你没听清楚吗？好，那我再说一遍，你就是一个死阿宅，一个死到不行的宅女，所以，不可能有男生会喜欢你！

“你只能活在你自己的世界里，不是吃泡面吃到变成木乃伊，就是在玩什么‘狗屁英雄传’。每天都日夜颠倒，一直醉生梦死，人不像人，鬼不像鬼，你当然就是一个死阿宅了！”我同样吼叫着，不知不觉就骂了一大串。

我曾经演过话剧,知道自己怒吼的样子其实很恐怖。如今戏码重演，但我分不清现在说的是气话，还是真话。这会是我对沈亚蕴的真正看法吗？我心中几乎烧着熊熊烈火，我应该是在生气，但是为什么我会愤怒呢？

我比沈亚蕴高出许多,和她说话,她都要抬头看我才行。这时的她，竟然没哭，而是浑身气得发抖，她握紧了拳头，或许想打我。

“对！我就是爱吃泡面，我想变成木乃伊，那又怎么样？你只不过是一个洗小狗的工人，你管得着吗？我就是喜欢活在自己的世界里，关你什么事？

“你这个死流浪汉，你的C大学生证一定是偷来的吧！C大这么优秀，怎么可能是你这种人可以进去的？你一定是半夜偷偷躲在大卖场里，把这套衣服摸出来的吧！”沈亚蕴不甘示弱地叫着。

“是啊！我只是一个流浪汉，我实在是不配给你这种养尊处优的大小姐工作。”我用带着讽刺的语气说。

“不想做就滚啊！反正我以后也不想再看到你！”沈亚蕴走到客厅门口，打开大门，恶狠狠地瞪着我。

“哼！我求之不得呢！”我立刻跨出去沈亚蕴家，用力地把门带上，发出巨大的声响，头也不回，迈着怒气十足的脚步，离开这栋大楼。

我到底是怎么了？被鬼附身吗？刚才竟然对沈亚蕴说一些莫名其妙的话？骑车的路上，我一直在思考刚才的情景。

为什么我要对她发火？我不是开始对她有感觉了吗？难道我不知道她反应一向迟钝吗？就算她看到我改头换面而无动于衷，我也不需要生气的，她个性就是如此。

我说她是死阿宅，只活在个人世界里，不就是在骂自己吗？难道我心里想做给唐上校看，证明我已经彻底摆脱在线游戏的诱惑吗？

我在骗谁呢？网戒班课程再有趣，对于《终极英雄传》的热情是永远不会消失的。我不是希望沈亚蕴以后加入我的阵营里吗？今晚被我这样一闹，机会似乎越来越远了。

摩托车骑到半路就停下来，我决定打电话给沈亚蕴，和她说声“对不起”。但是，拨她家或她手机号码都没有人接。我想，她应该在家里，只是不想接我的电话。

看来我真搞砸了，我摇摇头，觉得自己真的是脑残得很严重。真希望时间可以倒回去，再往前倒几个小时就好，我一定会斯文有礼，绝对不和她吵架。

不过，有个人倒是很肯定我的做法。

“你昨晚说得不错，看来你已经能完全体会网戒班的真谛了。”

我就知道，唐上校对于我们的一举一动，都了如指掌。

“谢谢唐上校的称赞，网戒班真的是让我受益良多啊！”为什么我要这么狗扯羊腿？连我都开始厌恶自己了。

“这个女生真是宅到没药医，可怜又可悲！真的是一个死阿宅！”唐上校已经给沈亚蕴下了评价。

听到唐上校这么说，让我更加不舍，要是我昨晚没有骂沈亚蕴，她应该不会被唐上校在背后批评。

在我眼中，沈亚蕴或许宅，但何尝不是我过去生活的缩影。而唐上校也只看到她的某一面，最起码她天生丽质的部分就没有人知道。

在网戒班里，我不想附和唐上校对她的评断，但我不能直接反驳，拿毕业证书开玩笑。要是以后去工作，也得像这样经常口是心非，我可能会人格分裂，要常常去廖厚辉的兽医诊所挂号看病。

之后，我换了工作，同样也是到别人家里，只不过把洗小狗改成了教小朋友数学。家长对小孩要求很高，才读完小学五年级，就开始要他学初中数学的课程。

更重要的是，家长不准小孩看电视，也没有装网络，他们的看法和唐上校一样，沉迷网络只会让人堕落，要敬而远之。

家长这么说，我只有点头称是的份儿。反正这样也好，来这家就不会听到《终极英雄传》的音乐声，我手痒的感觉会消失一点。

这几天上的课都和改造有关。萝卜大师传授的重点，在于外形上如何脱胎换骨，成为型男，站在时尚潮流的最前端。

此外，还有一位说话大师，也加入了师资阵容，他英文名是Shrek，人人都叫他史莱克，和那个动画人物一样。不过他长得帅多了，感觉就像是情场高手，唐上校说，史莱克是知名的搭讪大师。

这又是唐上校的美意了，他认为要戒掉爱上网的习惯，就是要把焦点转移开，重心放在现实生活上。练习和路上的美女搭讪，绝对比泡在网络里更有成就感。

从卓维宝和洪睿宪兴奋的表情上，就知道唐上校这道菜非常对味。他们受到我的精神感召，一直努力在那片中土世界冲锋陷阵，都没有机会去找女朋友。或者说，他们曾试过，但都被拒绝，最后当然是回到《终极英雄传》的怀抱里。现在是个机会，我感到春天将要光临他们两位了。

至于我，能不能学会搭讪技巧，倒没有那么重要，我只想向沈亚蕴道歉。不管我用手机或公用电话，都联系不到她，不知道是不是她什么电话都拒接的关系，希望她不会把我列入黑名单里。

教完小朋友数学后，我决定去沈亚蕴家，至少可以见面聊一下，或许她不会再生我的气。

不过，当沈亚蕴开门时，她看到我，脸色仍然不好看。

“你来做什么？不是叫你不用来了吗？”沈亚蕴急着关上门，却被我用手挡住，留住了一半的空隙。

“对不起，我知道是我不好，我不该发神经去说那些话，我向你道歉，希望你可以接受。”我放低了音调说。这算是危机处理，我真的不希望和沈亚蕴之间闹到这步田地。

“不好意思哟！我就是一个死阿宅，我不想接受你的道歉，再见！”沈亚蕴的火气仍然没消，每个字都带着怒意。

看来沈亚蕴很介意被别人叫“死阿宅”，上次就是骂她这个字，然后她开始发飙，结果彼此关系闹到无法收拾的地步。现在想要称赞她，她大概也听不进去。我的手一直挡在门边，希望她会改变心意。

“你怎么还不滚？再不滚我叫警察来哟！”沈亚蕴下了最后通牒，我只有放手。“砰”的一声，门已经关上，我只能无奈地离开。

午夜时分，我还没回宿舍，独自在某个大公园里游荡，只剩下地上的小强和我做伴。

我的情绪早就平静多了，不会在意沈亚蕴骂我流浪汉、学生证和衣服都是偷来的这些话。我最在乎的是她依旧痛恨我，把我当成讨厌的鬼怪。

就算脸上和心里写着再多的懊悔，都无法弥补对她的伤害。这件事唐上校不可能帮忙，我也无法和别人讨论，一切都需要靠自己化解。

我坐在公园的长椅上，嘴巴张开，双眼呆滞，不断抖脚，看起来就像是个脑残，完全无法匹配身上帅气的针织衫和皮裤。我现在变成型男了，但没有什么意义，我仍然无法去中土世界打怪，更不用说接近沈亚蕴。

长椅很舒服，想着想着，就躺了下来，很快就进入昏睡状态。不过，在半梦半醒之间，我似乎听到了女生的求救声。

“非礼啊！有人非礼啊！”

都什么年代了，还有人讲这么八股的台词，虽然我眼睛闭着，但嘴边却笑了出来。

“你们要干什么……啊……不要啊……有谁来救我啊……”声音越来越凄厉，逼得我自动醒过来。

我听音辨位，顺着尖叫声找到了一处树丛。修长、穿着蓝色无肩衬衫与迷你裙的美女，正被一堆混混围住，他们露出饥渴的目光，口水已经流满地，想对花容失色的美女伸魔掌。

我一个箭步冲入混混的圈子里，挡在美女前面。

“各位好手好脚的，去为难一个弱女子，会不会太猪头了？现在还没到中元节，你们急着当猪公，会不会太早了一点？”就像电视剧演的一样，这时要有一个侠客，跳出来说很酷的话。

“你这个小屁孩儿，给我闪一边尿尿去……”一个咬槟榔、手臂上满是刺青的大块头说道，他应该就是带头的了。

如同唐上校在网吧的做法，我还没等对方说完话，先下手为强，一出手就是格斗神拳的致命招式“石破天惊”，一下就折断了对方的右臂，让他疼得跪下。我双手掐着他的脖子，就像是恐怖分子在威胁人质一样，吓得其他混混连忙退后。

“是啊！我是小屁孩儿，待会儿就要送你去殡仪馆去睡了，那边冷气很舒服，有很多人可以陪你。不知道你还有什么话要交代的吗？”太好了，这就像打怪一样，充满拼杀的快感，只可惜这家伙无辜变成我的出气筒，真是对不起啊！

“饶命啊……”刚才还是凶神恶煞的，现在却哭得鼻涕四流。

“记住我这张脸，下次投胎找我报仇。”我顺势一扭，他立刻倒在地上，所有混混看到这种景象，浑身发抖个不停。

其他混混都以为我大概把他们老大脖子折断，直接和牛头马面见面去了，但这家伙只是被我打昏而已，他的阳寿还没尽，不需要现在去殡仪馆报到。这招很有用，很多人手上拿着武器，但没有人拿得稳，更无人敢靠近我。

“美女，请放心，我会保护你的。”我转头对那位美女说，她点点头。她刚才满脸惊慌，不过现在终于有了笑容。

“好了，有哪个觉得自己活太久的，就赶快过来和我打一打，而且顺便签一下器官捐赠卡，有很多病人需要新鲜的肝或肾……”我话说到一半，那群混混丢下了武器落荒而逃。

“喂！别走啊！只是捐个肝、肾而已，了不起再加一只眼睛，又不会挂掉。而且我还会开发票给你，祝你中一等奖，这是做好事，怎么大家都跑掉了？”我以爽朗的声音说着，那群人狂奔的速度更快了。

哈哈！格斗神拳果然威力超群，经过今晚这战，相信未来江湖上就有我的传说了。

“哇！你好厉害，真是了不起！”美女感激地对我说。

“这没什么啦！区区小事，何足挂齿！”我很得意自己的表现，但还是谦冲自牧。

“真是谢谢你了，本来想下班后来这里静一下的，没想到竟然碰到了坏人，还好有你见义勇为。”

“不客气！不客气！不过，一个女孩子晚上最好不要跑来这里，下班后就赶快回家吧！”对美女说话时，我想到了沈亚蕴，她总是一个人在家的，不知道她现在是不是待在房间里玩游戏呢？

后来我和美女彼此自我介绍，她叫Jennifer，也就是詹妮弗，在电视台当助理，年纪比我小一些。我只说了自己的名字和学校，其他的就没有说太多，因为刚才出手也挺消耗自身能量的，我得赶快回宿舍休息才行。

在交换完电话后，我给一家和我们学校合作很久的出租车公司打电话，叫车送詹妮弗回家。

回宿舍的路上，我想的并不是刚认识的美女，而是沈亚蕴，不管她多么孩子气、爱哭、土气，但她已经悄悄在我心中占有一个重要的位置。

网戒班继续上搭讪课程，史莱克大师传授不少装成熟技巧，让我们很轻松就能在各类场合和美女愉快地聊天，进而成功地要到她们的电话。

我似乎不用学这个，因为才刚认识一位，也莫名其妙地得到她手机号码。但我最想要知道的是，一个天真可爱的女孩子，被我伤害后，我该如何弥补彼此之间的裂痕？其实，要是我不想念沈亚蕴，这个问题就不会存在。

沈亚蕴，我是不是该戒掉你才行呢？

过了两天，一个陌生的号码打我手机，原来是詹妮弗打来的。她说，很感谢我那晚的相助，想请我吃饭。出于礼貌我当然不会拒绝，我和她约在一个不用工作的晚上，刚好彼此都有空。

约定前的时间，我在电视台外面等待。

詹妮弗穿着非常性感，很大方地坐上我的摩托车。奔驰的风声，伴随着詹妮弗身上淡淡的香水味，的确是个很适合恋爱的夜晚。不过，就像前女友说的，我有不专心的毛病，做什么事都会想到在线游戏。

和詹妮弗吃晚餐时，我并没有仔细听她说什么，我一直心不在焉，想的是同样的问题，沈亚蕴现在到底过得如何呢？

“吃饱了，我们去兜兜风，可以吗？”

摩托车再度嘶吼，坐在后面的詹妮弗微笑着点头。

摩托车在马路上转来转去，最后停在一家店门外，就是我第一次碰到沈亚蕴的那家 7-11。

我脑中不禁想着，沈亚蕴几乎都不出门，我完全不知道她出去时可能会到哪里，这家 7-11 是我唯一的线索，有可能她泡面吃完了，会再度跑出来买。但现在要遇见她就和中乐透的概率差不多吧！

Chapter 9

“下来买个饮料好吗？”

“都听你的。”

詹妮弗还真是温柔的漂亮女孩，我说什么她都照做。

我到 7-11 根本不是要买饮料，只是想再碰碰运气。可惜的是，我围着整个店面绕了一圈，就是没看到沈亚蕴。

我大概是好傻好天真，竟然奢想她会在这里。

看看手表，现在也都 8 点多了。她应该忙着升级，但又升不了级，而在房间里偷哭；要不然就是她日夜颠倒，睡到现在才起来；或者，她正在洗澡，我希望她记得把门锁好，我不太希望还有别的男生或小狗，看过她披浴巾的养眼画面。

“你不是要买饮料吗？”柜台前，詹妮弗拿着咖啡，而我手中空空如也。

我竟然忘了要挑饮料，但买不买也无所谓了，反正我没有找到最想要的。

“你知道吗？我想找过期的可乐，但这家店员很负责，过期的都已经下架了。”

詹妮弗并不知道，我说的其实是沈亚蕴冰箱里的过期可乐。

“为什么要喝过期的？”

排队排到了詹妮弗，我主动替她付账。

“其实我以前受过严格的传统武术训练，师父都是拿过期可乐训练出徒弟的铁胃，这样行走江湖时，吃什么都百毒不侵。”

我又想到刚认识沈亚蕴时，她拿可乐喂小丸的场景。

“好神奇哟！”

结完账，我又回头在店里不断搜寻，希望有个小女生，正辛苦地把泡面一碗一碗堆在面前，这样我就能出手帮忙，让她不再跌倒。可惜，我的愿望又落空了，只好拖着失望的脚步跨出门外。

不过，一个跨进来的身影紧紧抓住我的目光。她低着头急忙走进，一个重心不稳，差点就要摔倒，但我迅速拉住她的右手，让她不会当众出丑。

“谢谢！”她害羞地说，但抬头看到是我，下意识地把手抽走，脸上又是愤怒的表情。

为了不要挡住其他人的出入路线，我从门边走到杂志书报刊前，而詹妮弗也很机灵地跟在我旁边。

没想到，我的第六感是真的，今天果然碰到了沈亚蕴！但她似乎还在怪我，我刚才替她省掉皮肉之痛，竟然完全不领情。

“嗨！好久不见！最近还好吗？”我愉悦地向沈亚蕴问候。

“谁跟你好久不见？我最近好不好，关你什么事？”沈亚蕴故意把眼睛瞄向别处。

我已经有心理准备，不管沈亚蕴要说我什么，我都不会和她吵，我要做个有包容心的男人。

“那小丸呢？”

“玛丽亚已经回来了，她照顾小丸，要比前一个流浪汉好多了。”

没关系，沈亚蕴这么骂我，我也甘之如饴。

“这样就好。”我爱屋及乌，虽然小丸咬过我，但我早就不计较了。

“她是你朋友吗？”詹妮弗突然插话问我。

“是啊！”我点头。

“不是！”

沈亚蕴和我在同一时间回答，她这样说倒让我有点吃惊。

“她说得对，我们不是朋友。”好吧，我愿意附和沈亚蕴的话。

“呵呵！你还真有趣啊！你如果不认识他的话，竟然还可以回答他的问题。”

我有点希望詹妮弗不要说话，她可能会火上加油。

“她是你女朋友吗？”现在换沈亚蕴突然问我。

“不是！”我摇头。

“现在不是喽！”詹妮弗等我说完再回答，脸上充满笑意。

詹妮弗这么说也让我吓一跳，她是希望以后要做我女朋友吗？有人这么早就掀自己底牌的吗？

沈亚蕴没有理我和詹妮弗，径自走到我另一边，拿出一本书，盯着封面看了起来。

“你今天是来买吃的东西吗？”我注意到，这就是《终极英雄传》的攻略本，但封面不太一样。

“和你说这个你也不懂的，《终极英雄传》又出了更新的攻略本了，我要买来研究一下。”

沈亚蕴这么一说，触动了我内心的好奇，最近竟然又有新版本了，可惜我还是要装下去。

“这样啊！”我不想批评沈亚蕴，所以用了比较中性的话。

“原来你是个阿宅，看起来，你一定每天都待在网络上吧！呵！”

詹妮弗一说，我连忙在嘴边伸出食指示意，希望她不要再讲。

“阿宅”或“宅”这个字眼，必定会让沈亚蕴火山大爆发，从害羞女变成抓狂女，我得赶快把詹妮弗带离现场才行。

好不容易才遇到沈亚蕴，我至少希望能多少修复一点和她之间的关系，不过詹妮弗完全不明白这些背后因素，绝对会越说越不利。

“你才阿宅哩！你也只不过是个卖弄风骚的女生而已！”沈亚蕴隔着我，对詹妮弗大骂起来。

没想到两个素不相识的女生，会因为“宅”这个字引发战火，我得赶快做调解人。

“其实你很漂亮，人家这样说，你不要放在心上。不管全世界怎么看你，在我心中你总是很漂亮的。”我小声靠近沈亚蕴耳边说。

不过，沈亚蕴好像没听到我的话，拿了攻略本就往柜台那边走。

“我们去外面喝咖啡吧！”我赶快把詹妮弗带到门口外。

“你好像很在乎她的感觉哟！”詹妮弗笑着说。

我没有回答，发动摩托车就上路，但詹妮弗说得没错，我现在挺在意沈亚蕴怎么想。只不过一切都回到了原点，好像她从来都不认识我一样。这情况究竟该怎么解决呢？相信所有游戏的攻略本，都找不到最适合的答案。

之后我送詹妮弗回去，这女生很性感，但还是无法吸引我的注意。连她今晚说了哪些话，我都没有全部记住，在心里大概没有专属她的位置了。

“各位，网戒班上了一个多月，有什么心得呢？”

又是全新的日子，今天再度回到商业大楼的会议室里上课，唐上校每天都像吞了全新的电池，永远都有用不完的活力。

“格……斗……神……拳……很好……玩！”卓维宝在空中比划几招。

“萝卜大师和史莱克大师，这两位教的东西都很有帮助。”洪睿宪说时，比往常要有精神多了。

“挺有收获的，至少我们的生活不再只是寄托在网络上，我们开始留意网络以外到底还有什么新鲜事可以做。”这算是我的肺腑之言。

“那不错，希望它真的会带给你们一些帮助，”唐上校以肯定的眼光看我，“所以，从今天开始，我们不妨进行一些活动，而其中，就会用到你们在网戒班学到的东西。”唐上校神秘地说。

“活动？”我问。

接下来的时间，我们又开始写毛笔字了，不过，这次是用毛笔写信。唐上校希望我们从写 E-mail 的习惯中跳出来，不再被网络制约。

他要大家选一个对象来写，内容不拘，并在信封上，同样以毛笔写好地址。我挑的人就是小学兼初中同学王晓百，我和他很熟，信上只要写“安安！祝你事业宏图大展！”的话就好，不用像写给长辈那样，充满了无谓的客套。

“既然大家都写好了，我会陪大家一封一封去送。”唐上校这么说，似乎另有玄机。

“大家 E-mail 发习惯了，只要按下‘发送’，人家就会立刻收到，虽然很迅速，但是太冰冷了，我希望带大家体验一下古时候飞鸽传书的感觉。”

“飞鸽传书？是真的要找鸽子发吗？鸽子会不会飞一飞，就进到别人的肚子里？”洪睿宪好奇地问。

“所谓飞鸽传书，是希望各位可以像鸽子一样，亲自把信送到对方手上。当然，我们不可能真的会飞，所以我们要骑自行车，一家一家去送。”

“自……行……车？”卓维宝好奇地问。

“没错！就是要各位感受亲自去送信和发 E-mail 这两种截然不同的感觉，所以一切都要靠自己。骑自行车就是最理想的方式。”唐上校再度出招，刚当完型男，现在要变成骑两轮的了。

“唐上校意思是，我们现在有三个地址，所以大家一起去送吗？”我问。

“嗯！我刚才说过，我会全程参与的，地址在哪里，我们四人就送到哪里。刚才各位写的地址就不能再动了，免得大家都改成要写信给学校工人。”唐上校设想周到，没有人可以逃过他的手掌心。

我连忙把自己信上的地址给卓维宝、洪睿宪看，顺便交换一下信息。

“还好，我选的地方很近。”我暗自庆幸，王晓百家离C大只有几公里而已，真的骑自行车去，应该不用一小时。

“我选的是心算班的老板，也没有太远。”洪睿宪脸上如释重负。

“哇……我……惨……了……”卓维宝紧张得发抖起来。

“你要寄到哪里？”我问。

卓维宝把信封迟缓地拿给我和洪睿宪看，洪睿宪一见到，脸色也发白。

“K市？距离这里有三百多公里的K市？”我提高了音调。这不就代表我们要骑自行车环省了？

“我……只是……要……写给……亲戚……”

卓维宝说的，我可以体谅，亲戚本来就有可能住很远的。我要往好的方面想，至少卓维宝没有认识南极企鹅或非洲狮这种亲戚。

唐上校是会议室里唯一保持微笑的人，他以赞赏的眼光看着卓维宝。

“问候远方亲人是人之常情，你做得很好。今天我们就可以开始送信了，从比较近的地方开始。至于明天，各位今晚收一下简单的行李，明早就出发去K市。

“各位的打工工作，或者和老板请假，或者是直接辞掉，等回来后再换新的，这两种做法你们自己挑。”

唐上校开的菜单，果然很有挑战性，我从来没有骑自行车骑这么远，不知道明天真的骑上路，会有什么状况出现?

正如唐上校的指示，大家中午吃完饭，休息一阵子后，都换上T恤和短裤，开始自行车之旅。我们使用的是向学校借的越野自行车，骑起来还算平稳。而且外面是阴天，没有毒辣的阳光攻击，一路上享受微风，感觉不错。

我们从校园出发，骑了半小时就到了心算班。洪睿宪把手写的感谢函拿给老板，说自己要出国深造、无缘再效力、感谢老板照顾之类的理由，老板听了很感动，还另外送一个大红包，祝他前途似锦。

没想到洪睿宪挺会扯的，让他得到一笔外块。要是他只发E-mail辞职，可能就没有这种好结果。

接着是去王晓百家。我们骑了五十几分钟抵达目的地，王晓百正在律师事务所上班，所以没碰到。不过我们遇见了他太太，她挺着大肚子，准备迎接新生命的诞生。

我把信送给王太太，而洪睿宪非常豪爽，从刚领到的红包里，抽出2000元当作王氏夫妇小孩的出生礼物，让王太太非常感动。

而我更加佩服王晓百，他真有本事，这么早就成家立业，而且即将多一个爸爸的头衔，看来我也要好好努力才行。

“今天各位做得不错，这可以当成练习，为明天的K市之旅暖身，虽然这趟旅程有三百多公里，但是我相信‘有志者，事竟成’，不管路有多远，信一定可以送到。”下午，唐上校以感性的语调说着。

第二天早上，我和卓维宝、洪睿先，都带着简单的行李和充沛的精神，准备迎接 K 市之旅。

前一晚，我和学生家长谈好，休假几天后再回来教数学，因为我懒得再换新工作。而卓维宝做法和我一样，停薪留职，夜市老板欣赏他的工作态度，也是一个原因。

天气又变成了艳阳高照的大热天，人人都汗流浃背，所以骑车的速度不会太快，可以好好欣赏路上的美景。

之前唐上校训练体能，果然有效果，一天骑八九个小时，并不是太大的问题。晚上骑累了就住在附近村户家里，也顺便享受满天星空和蝉鸣陪伴的悠闲，虽然《终极英雄传》里，也有这种星光在空中晕染的画面，但不如现在更有真实感。

“Vanima！”睡觉前，我走到了民宿外头，在田野间仰望，忍不住用精灵语称赞，这个字代表“好动人”。

或许我已经被潜移默化了,视野已开始逐步拓展,即使是最爱的《终极英雄传》，也不会再占据生活的全部，至少我学着腾出空间给别的事物。就像现在，什么都不做，脑海中一片空白，也有属于它的美丽。

几天骑下来，我们已经越过北回归线，南部的阳光，早替我们自动换上更深的肤色。

我非常喜欢PE公路那片看不到边际的景致，公路之外，就是蔚蓝的浩瀚的海洋，阵阵海浪轻拍礁石，就像撒娇的女生，发出可爱而慵懒的魅力。

或许这就是唐上校的用意，希望我们多欣赏旅途的过程，一路上令人惊艳的风景，可能会带来更大的乐趣。

不知不觉间骑到了K市，我们也顺利找到卓维宝的亲戚，这位头发斑白的老伯，涕泪纵横地收下信。我们的任务告一段落。

“好了，信都送完了，大家都做得不错。现在各位可以自由活动，两小时后，在这里碰面，然后就坐车回去。”唐上校带着笑容。

“坐车？不骑自行车回去吗？”洪睿宪惊讶地问。

“我想，你们已经体验了E-mail和实际送信的差别，这就是你们最大的收获，回程就可以直接坐车，这些自行车，我会让货运公司送回学校去。”唐上校说完，骑着自行车从我们面前远离。

“这里你很熟，不如你带头吧！”我对卓维宝说。K市之旅就这样画上句号，还真有点舍不得。

“好！没问题！”卓维宝义不容辞地担任导游，我和洪睿宪跟在他后面。

我们在K市随便乱转，听着卓维宝用吃力地介绍它的历史和人文风情，看他说得满头大汗，我想自己应该有点表示才行。

“这里有几家在卖椰子水，我去买些慰劳两位。”

卓维宝和洪睿宪都点点头，我把自行车摆在旁边，走到一个老婆婆的摊位前。

“请问，这些都是椰子水吗？看起来好像很好喝。”我指着摊位上瓶装、晶莹剔透的饮料。

“对的！这都是从新鲜椰子里倒出来的，很天然的，不好喝免费。”老婆婆很有自信地说。

“好，那我买三瓶。”我拿出一张钞票，交给老婆婆。

老婆婆先将椰子水装袋拿给我，接着准备找钱。不过，有张照片却从老婆婆腰间的口袋里掉出，落在地上。

我一看到，突然愣住了，因为照片里除了老婆婆，还有一位打扮很朴素的年轻女生。

这女生不是别人，就是沈亚蕴！

我把照片慢慢捡起来，还给老婆婆，她很高兴地看着我。

“请问一下，照片里的女孩，是不是姓沈，读W大英文系，刚读完大一，而且自己住在一间很不错的房子里？”我很有礼貌地问。

“你怎么会知道？”老婆婆惊讶地问着。

“我之前有帮她洗小狗，就是一只外号叫小丸的比格小狗，听说原本是由玛丽亚在照顾。小丸在河里游泳时溺水，玛丽亚用了一个派大星的塑胶气球把它救起来。”我说了比较详细的信息，希望让老婆婆更相信我不是什么变态的家伙在偷偷调查什么。

“原来这样，她倒是没有告诉我。”

我想，老婆婆大概是沈亚蕴的外婆，感觉老婆婆和沈亚蕴很亲近。

“年轻人，谢谢你。这瓶送你吧！”老婆婆又拿了一瓶给我。

“不用啦！”我觉得老婆婆赚钱很辛苦，连忙摇手。

不过，老婆婆还是很殷勤地走到我旁边，直接把椰子水放进袋子，看来我只好恭敬不如从命。

“谢谢！谢谢！”

“阿蕴应该很小气吧？又害羞、又自闭，而且脾气还会变来变去，我都不知道要拿这个外孙女怎么办。”老婆婆又走回摊位，坐下后拿着扇子扇风。

原来老婆婆是沈亚蕴的外婆，和我猜想的差不多。

“不会啦！我觉得她还挺好相处的。”老婆婆的确很了解沈亚蕴，但我不会在沈亚蕴背后说她缺点。

“你大概不知道，她这么孤僻，就是因为她小时候爸妈离婚了，她一直都是我女儿带大的。我女儿事业心强，整天忙工作，放着阿蕴一个人在家，结果她变得在学校都不太和同学玩，只喜欢在家里玩洋娃娃。”老婆婆打开话匣子和我聊起来，我非常有兴趣听。

“理解。”我附和。

“大概是我女儿以前被丈夫骗，眼睁睁看丈夫跟别的女人乱来，所以她对男人没有安全感，连带也影响到阿蕴，阿蕴都不太敢和男生说话，怕会被妈妈骂。时间久了，阿蕴就变成这样子。

“我很担心在我闭上眼睛之前，阿蕴是不是可以找到好男人嫁啊！”老婆婆面露担忧之情。

长辈关心小孩，不外乎希望他们能够找个好工作，找个好对象，可以一辈子幸福美满。虽然听的人会觉得唠叨无趣，但长辈绝对都是出自于温暖的关怀。换个角度来看，能被人叮咛，也是一种前世修来的幸福。

“我想每个生命都会找到出口。我相信她一定会有人喜欢，也可以找到好男人嫁掉。”我安慰地说。

“希望这样啦！”老婆婆遍布皱纹的脸上，总算浮出一丝喜悦。

老婆婆可能不知道，其实我在说我自己，我愿意做个好男人，我也愿意和沈亚蕴做男女朋友。至于能不能完成老婆婆的心愿，目前我就不太敢想了，在我的心海罗盘里，“结婚”两个字，仍然飘浮在未知的时空中。

“我想起来了，上礼拜我打电话给阿蕴，她偷偷告诉我，她在网络上认识了一位很帅的男生，两个人很谈得来，只是阿蕴不知道接下来要怎么做，我就告诉她：‘你要主动一点啊！现在都什么年代了！’阿蕴也没采取什么行动，只是一个人在家里想他而已，我都着急得要命……”

这件事我从来没听沈亚蕴提过，难怪她会在 7-11 说她和我不是朋友关系。沈亚蕴大概只是把我当流浪汉看，所以她不会告诉外婆我帮忙洗小狗，更不会告诉我她现在和谁最要好。

只是我好奇，所谓的“在网络上认识”，是指《终极英雄传》吗？里面是可以聊天聊到尽兴的。若是这样，我也不意外，这么多玩家，总是会有吴尊、周渝民这种等级的帅哥，而沈亚蕴又很想提升功力，应该会求助别人，问久了也就会激起爱恋的火花。

如此一来，已经有人捷足先登，得到沈亚蕴的芳心。哎！我不禁暗叹，原来我晚了一步。

“我觉得阿蕴应该好好打扮打扮，多出去认识人，不要老是待在家里，只是我怕说太多她又会哭。”

老婆婆的话，我非常同意。

“年轻人，看你这样很成熟稳重的，又很会穿衣服，应该有女朋友了吧？”

老婆婆这么说，我感到有些惭愧，我和这些描述几乎扯不上关系。

我还来不及回答，老婆婆就抢先一步说：“我感觉你应该很了解女孩子，可不可以请你帮个忙？拜托了！”

老婆婆和沈亚蕴果然是血脉相承，说着说着就哽咽起来，她们都有自来水般的泪腺。

“请您放心，在下必定会竭尽所能帮忙的。”这句话，我在《终极英雄传》里用过，同样都是在乡下，同样都有一位老人，交付给我一个莫名其妙的任务。

老婆婆听到我的话，立刻破涕为笑，情绪转变速度真快。

“可不可以请你教一下阿蕴，让她有点女人味儿，然后也教她如何和男生约会。她真的很喜欢那个网络上的男生，我只希望，她也可以和人家打情骂俏，去谈个恋爱，这样我这辈子就没有什么遗憾了。”老婆婆说得真情流露，好像待会儿就要去西方极乐世界。

这老人家也太看得起我了，竟然要我去当沈亚蕴的形象顾问兼爱情教练，难道老婆婆没有发现我真正的那一面吗？不过也是，才聊没多久，老婆婆是看不出来的。

“千万不要这么说啦！您的交代，我一定会做到的。”我立刻答应，但心里多少觉得可惜。

要把沈亚蕴改造成美女，并不是太困难的事。只不过，她变身之后八成就是别人的女友，跟别人一起在中土世界当神仙侠侣，用龟派气功调情，而我大概还会在爱情海里流浪。

“真是谢谢你啊，年轻人！可不可以请你顺便把这几瓶带给阿蕴呢？她冰箱里老是放一些垃圾食物，还是这种天然的东西最好。”老婆婆又将几瓶椰子水装袋交给我，我保持笑容点点头。

回去的车上，我们一行四人早已把买来的椰子水喝掉，而我一直将那一袋小心地放在腿上。这可是我再次接近沈亚蕴的机会，当然要牢牢看住，不可以让它溜走。

但我在想这任务到底要不要接?

这和网戒班的课程无关，纯粹是某个家伙受人之托，要达成使命而已，是个额外的任务。我可以敷衍一下，让沈亚蕴继续用原来的造型和别人约会，保证她会空手而返。

只不过，我可以想象到接下来的剧情，沈亚蕴必定会躲在房间里偷哭，没有人安慰她，一个人在《终极英雄传》里当被砍的菜鸟，借此度过漫漫长夜。

我愿意这样做吗?

我想我应该戒不掉对沈亚蕴的感觉，不过我还是愿意祝她幸福。这就是身为一个终极英雄的气概，懂得放下眼前的宝物，才能在未来找到更多的宝物。

有位长老，当我在锡淡披立斯森林被痛宰时，曾指点过我说，要是我紧握双手，就什么都没有；只要放开，就可以获得一切。我后来体会到这个道理，不再执着于眼前的甜头，将视野放开放长远，终于打到等级90的境界。

如今，现实生活也出现相同的挑战。我想我该同样试着松开自己的双手。

突然觉得椰子水的甘甜，不只留在嘴里，也流到了心里。

Chapter 10

回去后，唐上校说，可以放我们六天假，之后再来上课。这倒是不错的消息，我可以把握时间，完成老婆婆交代的任务。

第二天下午，我再度出现在沈亚蕴家门口，心情绷得很紧，按下门铃，希望看到的是快乐的脸庞。几秒后门打开，我的梦想成真，我果然见到一张充满笑容的脸，只不过，不是我认识的那一张。

“Hello！”

这是一位中东女子，体型非常壮硕，可以参加摔跤队。我吓了一跳，退后几步抬头看，确认门牌没错。

“亲文遭谁？”她说的中文不太标准，但我知道她的意思是“请问找谁”。

“你是玛丽亚吗？”我灵光一现，猜想她就是沈亚蕴说的那位，她立刻点头。

“玛丽亚你好，我是沈亚蕴的朋友，她住在K市的外婆，要我带椰子水给她，就是这些。”我把手上的袋子拿给她看。

“Welcome，come in！”玛丽亚立刻邀我进来。

走到客厅，我第一眼就看到坐在沙发上的小丸，它的脚掌，竟然踩着PlayStaion3（家用游戏机）的摇杆，而画面上是小狗赛车的游戏，分数还挺高的。小丸无穷的潜能再度让我惊艳。

“悠喷友遭你（有朋友找你）！”玛丽亚大声地对沈亚蕴的房间叫，如我所料这女生还在睡。

小丸见到我，放下摇杆，跑到我脚下摇尾巴。

“你越来越白净了哟！在哪里做的美白啊？”多日不见，小丸竟然留了西装头，我摸摸它，它只是瞧着走到我面前的玛丽亚。

“亲喝睡（请喝水）。”玛丽亚端给我一杯饮料，看起来像热茶。

“谢谢。”我喝了一口，觉得玛丽亚真能入境随俗，泡给我的是乌龙茶。

玛丽亚在我旁边坐下，把摇杆拿来玩，看她聚精会神的样子，我才明白，刚才是她在玩PlayStaion3。

“你不是回老家去找你丈夫吗？结果怎么样？”我又想到沈亚蕴之前说的，关于玛丽亚的事情。

“Divorced！”

玛丽亚说的英文我知道，离婚。

“我很抱歉，你要知道，下一个男人会更好。”我安慰着说。玛丽亚仍然是满面笑容，继续玩她的小狗赛车。

“会有什么朋友来找……”

我听到沈亚蕴的声音立刻转头，不过当她看到我时，整个人僵在原地，脸色还是很难看。

“你来做什么？不是叫你不用来的吗？”满头乱发、穿着睡衣的沈亚蕴满脸怒容地走到我面前。

“好久不见啊！你知道吗？我在K市碰到你外婆了！”尽管沈亚蕴看到我还是板着臭脸，我心情倒是不错。

“外婆？”沈亚蕴怀疑地看着我。

玛丽亚非常机灵，把手脚迟钝的沈亚蕴拉到我旁边坐，她自己则坐在另一边玩游戏。小丸原本要赖在沈亚蕴脚边，也给玛丽亚叫了过去。

我把袋子打开，把椰子水一瓶一瓶放在桌上。

沈亚蕴看到立刻拿起来，握在手中久久不语。她刚才的怒容已经消失，换成了柔和的线条，而她眼里似乎又有泪光。

我早就预料到这种情况，摸摸口袋里的新面巾纸，准备随时拿给她用。

“说来也巧，我和几位朋友骑车环岛旅行，没想到路过 K 市，刚好碰到你外婆在卖椰子水，她看起来可真是容光焕发呢！”

我拿出一张照片，是沈亚蕴外婆和我们三位盟友在摊子前合拍的，她外婆是里面年纪最大的，也是笑容最灿烂的一位。

这张照片，同样也吸引了沈亚蕴的目光，她拿着照片仔细看着，我不敢打扰她，就连玛丽亚也关掉了 PlayStaion3，说要带小丸出去玩耍。我想玛丽亚是要留给我和沈亚蕴一个安静的相处空间。

“我有好一阵子没看到外婆了，她对人生的热情是我永远都学不会的。”沈亚蕴淡然地说。

“你可以像你外婆这样子啊！只要你愿意改变。”我慢慢地引入主题。

“改变？”沈亚蕴放下照片，扶了一下厚重的眼镜。

“你外婆和我聊了很多，她很希望你不要待在家里，该变成一个有魅力的女人，和你喜欢的那位帅哥快乐地去约会。你知道吗？青春就应该用在美好的事物上。”

“哦！我外婆都告诉你喽！”沈亚蕴有点不好意思。

“也没有全部啦！你外婆只说你是在网络上认识的，我在猜你和他是不是在那个在线游戏里认识的？”

沈亚蕴点点头。我想，既然她现在已经心平气和地听我说，应该不会再对我生气了。

“我原本很想认识那位‘打宝打到high’的，想问一些问题，但是我连人家是男是女、到底几岁、住在哪里都不知道，所以我只好再找别的玩家来问，所以……”

沈亚蕴这么说，让我心头震动了一下。

“所以你和人家聊久了，他什么背景都告诉你，你就慢慢对他有感觉了！”我还是忍住透露自己真实面目的念头。

“嗯！”沈亚蕴脸都红了。

老天爷还挺喜欢捉弄我的，如果我认识沈亚蕴，不是在参加网戒班的情况下，那么眼前情况都会改写，或许她现在会靠在我怀里，而不是我努力把她推到别人怀里。

我已经作了决定，只要任务接下，无论是在游戏内或游戏外，一定要使命必达。更何况，我仍然戴着监视眼镜，一切都由不得我。

每当沈亚蕴提到“打宝打到high”，我的心都不免要抽动一下，希望有一天可以亲自告诉她。不过，当她知道时，会不会是她要嫁人但新郎不是我的那一天呢？

“如果你想改变，如果你想找到幸福，现在就跟我出门！”我想到放手的哲学，把焦点放在完成任务上。

“出门？要去哪里啊？”沈亚蕴没有说不，我就当成她答应了。

“让你改变命运的地方！”

我知道沈亚蕴不敢坐摩托车，所以借了一辆二手汽车，载她到萝卜大师的工作室里。

我向萝卜大师说明来意，希望他能帮沈亚蕴彻底变身。他绕着沈亚蕴打量了很久，不时发出啧啧的声音，让原本就害羞的她，显得更加不自在。

“你知道吗？我觉得你朋友……”皮肤比女生还好的萝卜大师，以柔性的语调说着。

一旁的沈亚蕴，脸上不停地冒汗，我自己也有点担心，她会被当众取笑。

“其实没有什么太大问题，只要调整一些打扮习惯就好。”

萝卜大师这么说，让我松了一口气。

“你是大学生，所以我不会让你变成贵妇或名媛，只要有大学生的青春气息就好。你不需要靠改造去变成美女，你美的本质一直都在，只是你不知道如何发挥。”

萝卜大师说时，沈亚蕴一直低着头。

“然后记得……”萝卜大师双手捧住了沈亚蕴的脸颊，并摘下了她的眼镜，“永远都要用你闪亮的眼睛，去盯着别人的眼睛看，这样你就能勾走人家的魂魄。然后，把这副眼镜丢了，去换隐形眼镜，要不然，我替你挑几副也可以。”

“哦。”沈亚蕴本来又想低着头，下巴立刻给萝卜大师扶了起来。

“不可以低头哟！任何时候，即使你难过，也要抬头挺胸，自信的女人是最性感的。”萝卜大师双手握着沈亚蕴的右手，说话的感觉很像在上激励课程。

“对了，那个给我。”萝卜大师向左边距离约十几步的女助手说，立刻有一罐不明物体飞过来，萝卜大师伸手就接住，原来是摩丝。

“还有你的发型，待会儿会替你修，现在先这样好了！”萝卜大师在沈亚蕴头发上抹了一些摩丝，双手迅速拨弄，他神情专注，但眼神洋溢着无限热力。

在萝卜大师的巧手雕琢之下，沈亚蕴的发型已经变成新的模样，刘海不再呆板地贴紧额头，而是展现慵懒的弧度，随着窗外微风摆荡，而侧面和背面的头发，充满了层次感，蓬松、微卷，但绝不凌乱。

有了新发型，更衬托出沈亚蕴清秀俏丽的脸庞，相信只要是男人，看到她的脸都会心动。

“认识里面的你吗？这才是真正的你。”萝卜大师拿了镜子给沈亚蕴看。

“可是我没戴眼镜，看不清楚耶！”沈亚蕴皱着眉，把镜子移得很近。

“那没关系，待会儿帮你找隐形眼镜，接下来就是你身上这些了，”萝卜大师转身对刚才的助手说，“对了，莉莎，待会儿你替她准备，请你记一下：5号、8号、29号、57号、73号、155号、291号，嗯……就先这些了。”

接着另一位助手，带沈亚蕴走到一个房间里，而那位莉莎随后推着有许多衣服的挂衣架走进。这些衣服，我猜就是刚才萝卜大师所要的。我的心情快速加温，兴奋地期待着。

过了十几分钟，沈亚蕴终于走出来，她现在的样子，让我联想到博客相册排行前几名的美女。

她穿着淡灰色的雪纺罗纹短袖上衣，露出柔嫩的肩膀，下半身则变成了粉绿色的休闲短裤和咖啡色的靴型凉鞋，匀称的美腿一览无余。而沈亚蕴脸上多了眼影和微卷的睫毛，虽然她看起来不太自然，不过，这绝对是我见到她打扮最有女人味的一次。

“你看，你这样是不是性感多了？像我一直都偏好同志的，看到你，我就在想是不是要接受异性恋了？呵呵！”这算是萝卜大师非常顶级的称赞，大家都知道他不可能去爱女生的。

“我真的觉得好露哟！”沈亚蕴本来又想低头，不过一见到萝卜大师，她立刻抬起头，试着正视他的目光。

“习惯就好喽！你现在不露一点，难道你想等到七老八十才露吗？”莉莎笑着说。

“把你家衣柜里都清空吧！就换成今天挑中的那些，相信我，你一定要这样做。”

萝卜大师接着又让沈亚蕴换了不少衣服，连比基尼上衣加牛仔短裤都出现了，看来大师不只要让她变成美女，也要她顺便当一下辣妹。

萝卜大师非常好心，除了帮沈亚蕴剪出俏丽的发型外，还送一套衣服给她，不过其他在工作室试过的衣服、化妆保养品，就要她自己去买。

之后我按萝卜大师给的服装店和专柜地点，带着沈亚蕴一样一样买，就连贴身衣物和睡衣，萝卜大师也有指定，只不过沈亚蕴在一旁都不敢说话，还好我以前买过，站在柜台小姐面前，我谈笑风生地把任务完成。

“你很贴心哟！还帮女朋友买内衣，很多男生都躲得远远的。”柜台小姐把精美的纸袋交给我。我右手已经挂了一堆装有衣服的纸袋，所以只能用左手拿。

“他不是我男朋友啦！”沈亚蕴急忙否认，虽然她外形已经走性感路线，但骨子里就像她外婆说的，还是一个封闭的小女生。

“她说得没错，她不是我女朋友，和你爆料一下……其实我是别人的男朋友，平常最爱看同志故事了，我顶多是她的好姐妹而已。”我小声地说，但柜台小姐的表情却不买账。

“真是可惜，天底下的女人又少了一个选择喽！”柜台小姐摇头说着，这句话也太恭维我了。

当沈亚蕴变身成美女后，接下来就简单多了。当天晚上，我陪沈亚蕴回到家后，第一件事，就是让玛丽亚帮忙拍一些她和小丸玩耍的生活照。小丸看到女主人变得性感又可爱后毫不迟疑，立刻冲到她怀里依偎，看得我非常羡慕。

“今天，谢谢你哟！”沈亚蕴抱着小丸，语气温柔多了。

“这没有什么！只要有心，人人都是美女，你当然也是。”我觉得自己好像童子军，刚刚完成日行一善。

沈亚蕴又是低着头笑，被我一手扶起了下巴，她立刻点头，知道了我的意思。

“对不起，我会注意这个毛病的。”

当沈亚蕴看我时，面对这张脸庞，我真的有想要亲她的冲动，可惜旁边有玛丽亚这个人形电灯泡，而沈亚蕴怀里的小丸，大概也会吃醋，所以我只是想想而已。

“《终极英雄传》里有个人会客室，可以放照片，我想他应该会很惊喜吧！我看过他，但是他还不知道我长什么样子。”

沈亚蕴甜蜜蜜地说着，让我心里又有些无奈。

“是啊！你只要平常心就好，和他聊天，还是和以前一样，然后你说你放了照片，相信他看到你之后，一定会很想约你出来的。”我一直在克制自己想告诉沈亚蕴真相的冲动。

网戒班上完，我大概可以改行去演戏了，隐藏内心并不是我喜欢的事情，可如今我得学着放下。只不过，现在将沈亚蕴放掉了，大概就像断线的风筝，以后再想捡回，似乎更不可能了。

接着沈亚蕴走进房间，从皮包里拿出一沓钞票给我。

“今天都是你刷卡付钱，真是不好意思，我算了一下，应该是这些金额吧！要是我算少，我会补给你的。”

我完全没数，就直接放进口袋里：“我相信你，你不会算错的。”

我想，沈亚蕴外形改变后应该也比较有信心，不会把钱算错，即使她少付给我，我也不会在意的。

“你要喝椰子水吗？你带来的，我还没有喝完。”沈亚蕴走到厨房，拿了两瓶出来，我毫不迟疑，拿到手上就喝。

“对了，你认识他多久了？”

“他？谁？”沈亚蕴一脸迷糊。

“就你未来的老公啊！”

“什么未来老公啊？”

我觉得，这样逗沈亚蕴很好玩，看她迟钝的傻样，我很好奇她可以呆到什么程度。

“不就是你在游戏里认识的那位帅哥，他应该很符合你白马王子的要求吧？而且，你外婆一直想抱孙子，你可不要让她老人家失望啊！”

“哎哟！我根本没有想到这个啦！”

小丸突然跑了进来，沈亚蕴把剩下的椰子水都让它解决。沈亚蕴摸着小丸的头，脸上洋溢着春天般的风采。

“你认识他多久了？”

“大概两个月吧！我只知道他在上班，所以只有晚上才碰得到他。”

“这样啊！”

“不过他人很好，教了我不少技巧，我最近也升了好几级了。”

“嗯！”我在想，这家伙真是幸运，要是我来指导沈亚蕴，保证她迅速冲到70级以上。

“除了《终极英雄传》，他也玩Facebook。有时我们会互相偷菜，不过他好可恶，都把我辛苦种的菜偷光了，但是我都偷不到他什么菜。”

沈亚蕴讲到这个男生时，整个人都亮了起来，我必须装成高兴的样子，当她最忠实的听众。其实，她被偷光的，可能不只是她农场里的菜，就连她的心也都被偷走了。

真是可恶的小偷啊！我忍不住握紧拳头。

“什么是‘非死不可’？为什么不是‘非活不可’？”这时我又得当网络白痴，突显自己的无知。

“你真是好过时哦！连Facebook都不知道！”

现在我变成沈亚蕴嘲笑的对象。

我当然知道这个叫“脸书”的玩意儿，我还晓得这位老板很年轻，而他和雅虎、YouTube、微软的创办人都有共同的特质，就是大学没读完就出来创业，身价高得吓人，是我学习的好榜样。

“你知道的，我最大的乐趣就是写毛笔字和练格斗神拳！”我现在不会去批评网络活动有什么不对，不过，监视眼镜还留在脸上，一定要说唐上校喜欢听的才行。

“不过，他和你一样，也喜欢练拳。”沈亚蕴一讲，勾起了我的兴趣，到底这是何方神圣呢？

“哦？”

“听他说他是海军陆战队退伍的，所以他相册里有很多受训时期的照片，他看起来真的好壮。”

我突然发觉，我真的太不了解沈亚蕴了，一直以为她整天都在玩在线游戏，不会碰别的东西。原来，对肌肉男她也有兴趣，或者我该说，她可能喜欢接触在线游戏的肌肉男。

“你想要看吗？”沈亚蕴往房间走去。

不过，我只是站在房间门口，看沈亚蕴把电脑打开、上线，她聚精会神地看着。我想，她视线里大概只剩一个人，可惜不是我。

我没有跨进来，有两个原因，一是不想触动自己的伤感，二是不想离网络太近，免得唐上校误会。

“哦！不要吧！我怕我会情不自禁爱上他，把你未来的老公抢走就不好了。你可能不知道，大胸肌的男生，对我最有吸引力呢！”我故意用尖细的音调说。

“是哦！没想到你真的是同志。”

沈亚蕴的确很好骗，随便乱扯她都会相信。

“嗯啊！我喜欢的型有很多，不管是六块肌，或是像萝卜大师这样气质型的，我都爱！”

“对了！说到萝卜大师，他不是要我把衣柜清一清吗？不知道你能不能帮忙？”沈亚蕴站起来，诚恳地看着我。

我本来想走的，但沈亚蕴的要求我还是照办。

接着，沈亚蕴开始整理衣橱，和我猜的差不多，里面衣物非常单调，全都是小碎花洋装，就连内衣裤也是朴素得没有任何花样，感觉上就是路边摊3件100块新台币的货色，完全不像大学女生的衣橱。

我很佩服萝卜大师的料事如神，一眼就看出沈亚蕴的穿衣模式，就像武侠小说常见的桥段。她真的该好好“清理门户”了。

沈亚蕴把旧衣物折好，将新买的战利品，一件一件非常慎重地放进衣橱里，我和玛丽亚则帮忙将这些不要的放入大帆布袋里，然后三个人抱着好几大袋出发，就连小丸也热血沸腾的咬着旧内衣跟在后面，大家齐心合力，将它们投进了旧衣回收箱。

咚！咚！咚！每次的声响，都代表着沈亚蕴离新生活又更近了一步。

“你觉得，他真的会约我出来吗？”当我发动车要回去时，沈亚蕴站在旁边问我。

“当然，除非他爱的是萝卜大师，或者是他结婚了，不约你真是暴殄天物啊！”我点头，假装肯定地说。

现在，我倒是想远离沈亚蕴的视线，免得我会后悔要把她让给别人的决定。

江山和美人，真的没有办法两者兼得。现实生活里，我也变成了终极英雄，为了达成拿到毕业证书的任务，我放下儿女情长，把对她的真实感受当成空气。也许，我该找一瓶失忆药水，喝了之后就能忘掉关于沈亚蕴的一切。

Chapter 11

我在搞定沈亚蕴的服装和造型后，还有一件事要做，就是让她变成一个有信心、不会害羞的女生。

显然，有个高手可以帮忙，那就是史莱克大师，他并没有住在偏远、可怕的沼泽旁边，也没有养喜欢唠叨的驴子。

要找他很简单，只要去高尔夫球场就行了。史莱克大师的激励课程，都是在漂亮的球场草地上传授，这是他的原则。蓝天绿地的自然风光，能带来最好的学习效果，所以网戒班有一阵子是和漫天飞舞的小白球共度的。

唐上校的安排还有别的用意，就是让我们认识这边的会员，他们个个事业有成，不是大企业的老板，就是年薪千万以上的超级业务员，没有人在玩什么在线游戏。

这样学习下来，的确激发了我们往上流社会迈进的动力，不过史莱克大师收费可不便宜，一小时就要上万，尽管他看在唐上校的面子上，开了优惠价，但我和卓维宝、洪睿宪还是多了几万块的债务，而且，带沈亚蕴来之前，我也先替她预付了学费。

我想，在网戒班结束后，《终极英雄传》里费心收藏的武器，可能都要卖光光了。

站在鲜绿广袤、修剪齐整的草地上，我尽情呼吸眼前的五星级空气，想象自己登上《福布斯》杂志封面，成为人人称羡的上亿身价的富豪。沈亚蕴穿得很漂亮，但脸上却是呆呆的表情，她站在我旁边，眼睛一直眨着，可能是不习惯要晒太阳的户外活动。

“你带我来这里是来打高尔夫球吗？”

“等一下你就知道了。”我也学起了唐上校，说话卖关子。

“可是我又不会打高尔夫球。”沈亚蕴现在看起来，像不想打预防针的小女生，语气中对我有点小小的埋怨，毕竟她不是个爱运动的女生。

“没有人说要学高尔夫球啊！”我耸耸肩。现在就像变魔术，要让观众猜不到我接下来是什么把戏。

“哦。”沈亚蕴没再说话，只是用手遮太阳。

我偷偷瞄着沈亚蕴，她的汗滴从脸颊流下，滑过雪白的颈部。我很乐意帮她擦掉，但立刻想到我还戴着监视眼镜，只好把视线移往远方的山峦，这样唐上校应该不会发觉我对她的幻想。

过了几分钟，一位穿着深蓝 POLO 衫、浅灰西装裤的男人出现，他身材壮实，可以看出 POLO 衫下的肌肉痕迹。这位阳光笑容的中年帅哥，就是史莱克大师，旁边还跟着一位美女球童。

我真是佩服他，每次见到他时美女球童都不一样，难怪唐上校很坚持，我们一定要和史莱克大师学搭讪技巧才行。

“大师你好，这位是我朋友。”我通常不当面叫这位中年帅哥“史大师”，如果发音不标准，就很像在骂人了。

“你好！”史莱克大师向我握手。

“你好，甜心美女！”史莱克大师也向沈亚蕴握手，他不愧是搭讪大师，嘴巴随时沾着蜂蜜，才说几个字就让她满脸羞红。

和我原先预料的差不多，沈亚蕴非常怕生，除非是面对玛丽亚或像我之类的，她才会放得开，展现真实的一面。

“你不错哟！我教你的你都学会了，看起来很有收获呢！”史莱克大师拍拍我的肩膀，看了沈亚蕴一下，给我一个满意的笑容。

“感谢大师！我想，大家都知道，大师除了高尔夫球技一流，所设计的激励课程，更帮助过许多人成功。不过我带她来，是请大师能指导她一下，让她可以当个快乐约会的女孩。”

我想，史莱克大师搞错了，把沈亚蕴误认成我搭讪成功的对象，我只好开门见山。

“明白！明白！”史莱克大师对我点头。他应该想起我可是汇了不少学费到他户头，拿人钱财，总是要与人消灾的，相信他一定清楚这个行走江湖的基本道理。

“你是亚蕴，在读W大英文系，准备要升大二，没错吧？”史莱克大师一说，让沈亚蕴满脸惊奇。

“你怎么会知道啊？”看到史莱克大师，沈亚蕴总算第一次开口了。

“只要是看到美女，就很容易启动我的天眼通，所以就能猜到人家的前世今生了。但是，我绝不随便展现神通，你可不要告诉别人哟！不然我很可能会被绑架喽！”史莱克大师以食指堵住嘴巴，眼睛带着电力。

“哦！好！”沈亚蕴也笑了。

这就是史莱克大师传授的搭讪技巧，如果能在一分钟内，逗女生笑，就跨出了成功的第一步。

我忽然想到，每次遇见沈亚蕴，我几乎没让她笑过，难怪我和她的关系，老是在鬼打墙，不可能有所进展，她也猜不到我对她有感觉，当然，她也不可能对我有朋友以外的想象。

这时史莱克大师在美女球童耳边低语几句，说得她掩脸低笑，不过，她随后就离开，我实在很好奇他到底说了什么。

“小乔甜心，要请你帮忙一下喽！”史莱克大师对美女球童的背影大叫，美女球童转过身，对我们做了一个蹲下的姿势。

“甜心”果然是很好用的两个字，每次都看到史莱克大师用“甜心”对不同女生说，从来没有人向他摆臭脸，全都对他投怀送抱，也难怪他不想结婚，看来我真的要多学学。

几分钟后，那位小乔球童又出现了，她开着一辆四人座的高尔夫车，史莱克大师邀我们上车，他坐在右前座，把后座留给我和沈亚蕴。

小乔球童还是驾驶，带着大家沿球场兜风，一路上，史莱克大师一直跟我和沈亚蕴闲聊。

他不时会把问题巧妙地丢给沈亚蕴，像是问她住哪里、平时喜欢做什么、都用什么保养品等，史莱克大师还提到了W大英文系教授的八卦，听得沈亚蕴啧啧称奇，因为连她都不知道。

不过，几个小时下来，史莱克大师并没有向沈亚蕴建议她该如何面对男生或是陌生人，但从她笑声不断的反应来看，至少她不再怕史莱克大师了，就像她不会怕我一样。

“你常玩高尔夫球吗？”快傍晚了，史莱克大师总算提到了和球场有关的东西。

“没有哦！我们学校体育课有高尔夫，但是我没有选。”沈亚蕴摇头。

“我建议你试试看，而且，我想你拿高尔夫球杆时应该很有女人味，男人都无法抵挡的。”

我不禁要说，史莱克大师不愧是女人杀手，这句话实在太销魂，就连我心中都会小鹿乱撞。

“真的吗？”沈亚蕴脸上写着天真的迷惑。

“我发誓，呵呵！”史莱克大师俏皮地举起右手。

“哦。”沈亚蕴似乎不愿意相信。

“帅哥，我问你，她打高尔夫球时，你会不会想看她穿迷你裙，扭腰挥杆呢？”史莱克大师把球丢给我了。

“当然！当然！”我很有默契地回答。

这时沈亚蕴又脸红了，而且低着头，不过她又以不太自然的动作，慢慢抬起头。

“学高尔夫球会不会很贵啊？”沈亚蕴这样问，这代表她有兴趣了，史莱克大师真是厉害，今天聊了这么久，她竟然都没提关于《终极英雄传》的一切。

“这你不用担心的。”史莱克大师看了我一下。

沈亚蕴并没发现，史莱克大师意思是因为我帮忙付钱，所以她就不用管这些。不过，我也没有交高尔夫课程的学费，就算沈亚蕴想学，恐怕也只是皮毛而已。

第二天，我和沈亚蕴再度来到高尔夫球场。史莱克大师指导了她一些入门的基本姿势，她倒是很专心，仔细聆听，但有趣的是，矫正她姿势的活儿，都是由我来做。

"帅哥，你数学应该不错吧！可不可以替她往右移10度，10度就好，她的重心有点偏了。"史莱克大师温和地向我指示。

我当然照办了，小心扶着沈亚蕴的纤腰，往右转了一下。如果换成别人来看，我应该是在搂她才对，而且，我根本不知道10度到底是多少，但是这个接近她的机会不能错过。

触碰着沈亚蕴的细腰，让我有触电的感觉，只可惜她眼睛没有看着我，她大概不知道我在想什么。

"还有，她的手臂，应该要这样挥，你知道我意思吧？"史莱克大师比画着，我立刻明白。

我在沈亚蕴面前，光明正大摸着她的手臂，替她调整姿势，这回我和她眼神相触，我保持微笑，她也跟着微笑。

"这样不错，加油！"我看着沈亚蕴。

"谢谢！"沈亚蕴温柔地回应。

"这样很棒哟！记得你提过，你女朋友也很喜欢让你教篮球，你说，你很喜欢和她打篮球，她真是热力性感，对不对？"史莱克大师突然冒出这句话，让我吓了一跳。

史莱克大师没说错，网戒班进行时，我和卓维宝、洪睿宪曾经在心灵分享时间聊自己的恋爱经验。

李晴璇的确爱打篮球，我也指导过，不过人家都要嫁了，再提这种当年勇，对我来说并没有太大意义。

我只是希望，史莱克大师不要说漏嘴，爆出我参加网戒班的事。

“真的吗？你有女朋友吗？我还以为你是同志呢！”沈亚蕴感到惊奇。

“这都是过去式了！因为她离我而去，让我受到非常大的打击，所以我开始向男人寻求慰藉，终于发现我真的想要的是什么。”这时又要发挥乱扯的本领。

“哦！”沈亚蕴继续练习原先的握杆动作，不再追问下去。

我连忙向史莱克大师摇了一下食指，示意这个话题可以结束，他明白我的意思，比了个OK的手势。之后，他和沈亚蕴互动时，就没有发生失误，他也巧妙地将话题从高尔夫球带到别的方面。

“你知道吗？其实和人相处，就和打高尔夫球差不多。”

“什么意思？”沈亚蕴停下动作，好奇史莱克大师为什么这样说。

“让自己的心放空，你就能随心所欲，球就会按照你想要的方向飞，很多人就是这样一杆进洞的，你去问老虎伍兹，他也会这样告诉你的。”

“哦！”

“你如果愿意面对你自己，完全接受你自己真实的一面，你就会有信心，面对各式各样的球场环境，风大的、下雨的、草地秃掉的、海拔高的，什么都难不倒你。”

“面对自己……”沈亚蕴陷入了沉思。

我想我大概知道史莱克大师在说什么，他希望沈亚蕴先从欣赏自己开始，认为自己是最棒的，这样碰到谁都不会害怕，就可以百分百地展现自我特质。萝卜大师希望沈亚蕴不要低着头也是这个道理。

“你知道你是什么样的人吗？不管是什么，接受它，懂得欣赏你自己所有的缺点和优点。你知道吗？很多人都在筑墙，因为他们害怕看到真正的自己。”

“也许我自己就在筑墙吧！”沈亚蕴低声说。

“不要误会，我没有这个意思。不晓得你有没有看过皮克斯的动画《天外奇迹》？那个老伯伯因为妻子过世活在悲伤里，不敢走出他和老伴一起生活的那栋木屋，但意外的出现，逼着他必须将房子绑了一堆热气球起飞。

“老伯伯后来改变心境，从退缩转为面对，终于实现了他和老伴共同的梦想，让木屋降落在仙境瀑布上。”

“我没有看，但是我想我明白你的意思。”

史莱克大师果然是激励大师，才花三天时间，就让沈亚蕴说出心里的话。

“你是个聪明的女生，我可以感受到你想要改变的决心，只要用心，没有什么可以难倒你。”

“谢谢！”沈亚蕴点头。

“既然这样，我们不如来进行小小的活动吧！”

“什么活动？”沈亚蕴问。

原来，史莱克大师要替她设计一个模拟约会，至于假想的约会对象，又是由我来担任，说实在话我挺愿意效劳的，或许有机会假戏真做，即使不和她聊在线游戏，她也会喜欢上我，这样我就不用在乎什么网戒班了。

第四天，我和沈亚蕴在球场的西餐厅，史莱克大师充当侍者和教练，他会站在旁边，针对她的表现提出建议。

“好吧！你就把他当成你素未谋面，但是又很想认识的对象，记住，只要你把自己放松的那一面拿出来，就会很棒了。”史莱克大师轻声地提醒。

“我明白了。”沈亚蕴点头。

“那开始喽！”史莱克大师拿了一面小旗挥着。

对我来说，这实在太容易了。不过，沈亚蕴看起来仍然有些紧张，希望她不要哭出来才好。

“你好，我就是那个当过海陆比萨大杂烩的在线玩家。”

“哦！你好。”沈亚蕴表现得不错，她没有低头，一直看着我的眼睛。

“你好美哦！比我在网络上看到的还要美呢！”虽然这只是套招的话，却也算是我的肺腑之言。

“谢谢你哦！”沈亚蕴还是有点紧张，和我往常在她家看到的相比，她还不算完全放松。

“你平常都喜欢做什么呢？”

“就待在家玩在线游戏吧！像《终极英雄传》就挺好玩的。”沈亚蕴说到这里，开始眉飞色舞。

不过，这时史莱克大师打断了我们，他希望沈亚蕴可以再主动一些，不只是回答问题而已，她也可以主动发问。

“好，继续约会吧！”史莱克替我们两个倒了咖啡。

“那你呢？你没事都会做什么？”沈亚蕴这么说，史莱克大师竖起大拇指。

“就吃泡面吧！听说有个‘一风堂’牌子的不错，你吃过没有？”我的话，让沈亚蕴笑了出来。

“好巧，我也爱吃，”沈亚蕴保持着愉快的笑容，“我也喜欢养小狗，你知道吗？我的朋友曾经在河里看到一只溺水的小狗，因为她不会游泳，所以只好拿身边的派大星气球救它。这只狗很厉害哟！很喜欢慢跑和游泳，还会看卫星气象图呢！”

“是吗？好有趣。”沈亚蕴现在看起来，已经和我第一次看到她不一样了，没想到史莱克大师这么神奇，可以轻松地改变一个人。

史莱克大师对于沈亚蕴在餐厅的表现非常满意，只不过我还是不明白究竟她对我有什么想法。是不是仍然喜欢那个还没见面的男生，或者也会想到我呢？

目前仍然是演戏状态，就算真的告白，恐怕她也不会当真的。而且，刚才聊天的情况，她还是把在线游戏排第一位，甚至是生活唯一的重心，我不容易找到其他的交集。

已经改变的美女，到底该不该拱手相让呢？一直到送沈亚蕴回去，我都拿不定主意。

“真的很谢谢你。我想，我应该可以面对自己的感觉了。”站在沈亚蕴家门口，她用带着欣喜的语调说。

“那就好。”

但是，我不知道沈亚蕴对我的感觉是什么，她对我的眼神似乎没有爱恋，我还因为网戒班的限制，无法畅所欲言。

是不是转身走就好呢？

晚上我辗转难眠，不知道要不要反悔，心中的天使和恶魔正在大战，一个要我乖乖遵照唐上校的指示，远离网络诱惑；一个要我直接冲过去找沈亚蕴，共同在中土世界奋战。

直到手机响起，我都没做好决定。

“喂！”

“在睡吗？我是………”

“嗨！和小丸玩得开心吗？”她还没说完，我就知道是沈亚蕴。

“你说对了，最近几个晚上，玛丽亚帮我拍了几张生活照，我把照片放上去后，他就想约我去‘路西法梦游魔境’吃晚饭，然后去看夜景，就是明天晚上7点。”沈亚蕴的声音非常快乐。

“恭喜你啊！路上小心一点，要是有什么状况，可以打电话给我，我会立刻赶来的。”我的语气变得很平静。

“好。”

如何才能戒掉迷恋的事物？

要是按照唐上校的做法，就是软硬兼施，一方面强制执行，就像铲平违章建筑，让我无法再接近网络和在线游戏一步；另一方面，就是转移目标，把重心放在别的项目上。

就像卓维宝和洪睿宪，他们迷上格斗神拳的威力后，就不太在意在《终极英雄传》里的角色到底还有哪些任务没完成。

只不过，唐上校并没有告诉我迷恋的女生到底要怎么戒掉。我好像铁面人，隔着伪装的面具和沈亚蕴相处，我还来不及让她看到我真正的样貌，她已经喜欢上了别人，我似乎只剩下祝福这件事可做。

我的脑海中，被按下了重复播放键，不停上映关于她的画面，不管是刚认识时的青涩，或是现在的性感娇艳，每一幕都值得回味。

这是一种虚拟的3D立体声效影像催眠吗？或者我的心，早就在梦回时分被她派出的小丸跑来我床前偷走，让她傻气十足地蹂躏后，再满怀抱歉地放回我的胸腔里。也难怪我每天醒来，都会有一种莫名的落寞，可能要找沈亚蕴才会有解药。

或者说，沈亚蕴就是解药，我根本就不该去戒掉她。

半夜，我并没有睡着，躺在床上，看看小丸会不会出现，把我的心挖出来后叼走。不过，一直等到天亮，并没有小丸的踪影，而我也慢慢睡去。

再清醒时，已经是下午了，我查阅手机来电记录，沈亚蕴没有再打来。我想她应该醒了，正在遵照萝卜大师的建议，把自己打扮成魅力十足的美女，迎接即将来到的春天。

我还能做什么呢？宿舍内空无一人，卓维宝和洪睿宪留了纸条，要去实战测试史莱克大师教的搭讪技巧有没有用，而我只好在篮球场上闻鸡起舞，对着那只工人养的老公鸡洛基，演练完整版的格斗神拳。

从下午到傍晚，我格斗神拳练了八百遍有余，只听到洛基偶尔“喔喔”叫一下聊表肯定，不过，沈亚蕴始终没打电话来，我练到篮球场上灯光都关了，手机还是静悄悄。这大概代表她的准备很顺利吧！我也不用太沮丧，至少她外婆所托付的任务，我也顺利完成了。

但是，我还是很好奇沈亚蕴约会的状况，所以决定跟去看看，反正我去的是餐厅，不是网吧，唐上校应该不会反对。

于是我戴了卷卷长长的棕色假发，贴上八字胡，换穿休闲风格的灰色T恤和深蓝色运动裤，并在眼镜前套上深咖啡色护目镜，这一身怪叔叔打扮，就是要让沈亚蕴认不出来。

沈亚蕴的确没有发现，我7点10分到她所说的那家“路西法梦游魔境”餐厅，这家餐厅色调灰暗，很像吸血鬼爱住的城堡，所以我这样穿，也不会引起他人注意。

我一进去，很快就看见了沈亚蕴，当然，我不能和她打招呼，只选了一个她背后附近的座位，静等那位白马王子的出现。

“请问要点什么？”一位邪恶天使打扮的男生站在我面前，很有礼貌地递给我菜单。

我不想被沈亚蕴认出我的声音，只是用手指菜单，点了好几个，而我眼神一直在注意另一桌。

“这样就好吗？”男生问，我一直点头，希望他赶快闪开，不要挡住我的视线。

记得沈亚蕴在电话里说，她和人家约的是晚上7点，不过，我等到餐点上桌，电子表上的时间都变成“19:30”了，还是不见那位老兄。

我一直留意沈亚蕴的背影，她右手托着下巴，饮料送到面前，她还不敢动一口，看来她忘了史莱克大师的教导，应该要放开自己才对。

既然人家没来，不如就放他鸽子吧！何必痴痴地等呢！

不过，一个点子闪过心中，我立刻行动，踩着优雅的脚步，直接来到沈亚蕴座位，大咧咧坐在她对面。

沈亚蕴忧愁的脸上，总算露出一丝阳光，她对我笑着，但我想，她并不是对真正的我笑。

“请问，你是那位‘偷菜路西法’吗？”

果然没错，沈亚蕴把我当成是那位肌肉男了。

原来,这家伙叫“偷菜路西法”,看来他从《开心农场》一路偷到《终极英雄传》了。我看着沈亚蕴一语不发，只是摇头。

沈亚蕴脸色又从彩色变成黑白，大概很失望。她双手抱胸，看我的眼神好像是遇到了枪击要犯，我到底该怎么和她聊下去，得好好想一想。

“我也很喜欢偷菜，但是我不叫路西法。”我压低声音，想测试沈亚蕴有没有听出来。

“是哦！”沈亚蕴把手放在桌上，出现了笑声。我还真的骗过沈亚蕴了，她并没有认出是我。

“不瞒你说，我是个算命的，但天机不能泄露太多，所以我必须这样打扮，你明白吗？”我继续鬼扯。

“真的吗？你看起来不像算命先生哦！”沈亚蕴的话，泼了我一点儿的冷水。

“那你觉得我像什么？”我觉得沈亚蕴有点进步了，我现在是陌生男子，她可以这样和我聊天，她怕生的情况的确有些改善。

“不知道哦！”沈亚蕴摇头。

“你都点了饮料，怎么不喝呢？”我指着沈亚蕴面前的杯子。

“人家没来，我也不好意思啊！”

“那有什么关系呢！迟到的人要请客，你不知道吗？”

"也对。"

沈亚蕴真乖，我这样说，她总算喝饮料了。

我的伪装太成功了，一直盯着沈亚蕴看，觉得自己眼珠子都快掉下来了，但是她还是没有发现，除了喝饮料，她也开始吃眼前的意大利面，吃得非常快，显然是饿昏了。

对沈亚蕴，我有点心疼，这么单纯的女生，被骗可能都不知道。现在希望那个家伙最好继续缺席下去，这么我也有机会在她心中的园圃里偷东西。

"我知道你像什么了！"沈亚蕴吃到一半，放下意大利面。

"像什么？"

"就是在我家帮忙洗小狗的男生，他以前也是满脸胡碴儿，但是现在……"

沈亚蕴的话，紧紧抓住我的心，她竟然会联想到我之前的形象，会不会猜出我其实就是本尊呢？

只可惜，沈亚蕴话没说完，我眼前就出现一位穿着迷彩紧身T恤的肌肉男，他拍拍我的肩膀，力道很重，还好我学会了格斗神拳，承受得住。

他看我的眼神充满杀气，好像在说："这美妞是我的，你给我闪一边去。"当然，现在有美女在，他绝对不会这样说，而我也不会使出看家本领和他PK。

“嗨！漂亮的‘棉花飞羽’，我就是‘偷菜路西法’。抱歉，我来晚了！”肌肉男对沈亚蕴笑着。

我到今天才知道，沈亚蕴的在线代号叫“棉花飞羽”，不过，我《终极英雄传》玩了这么久，好像没看过这个代号，也许我老是把重心放在打怪上，不是盟友的玩家，就不会那么注意了，更何况是一个菜鸟级的“棉花飞羽”。

“你好。”沈亚蕴有点尴尬，不知道要看他还是看我。

“请问你是哪位？”肌肉男看我时，声音变得冰冷许多。

当下情势紧张，我不想自掀真面目，还是闪一边再说。

“哦！我只是个算命的，我发现这位小姐春风得意，想必很快就会找到如意郎君。没想到，来得真快啊！”我胡乱说着，慢慢起身，把位置让给肌肉男。

“你知道就好。”肌肉男不客气地坐下。

“刚才公司事情多，真是对不起，不如我请你吃另外一家吧！”

当我离开时，还可以听到肌肉男对沈亚蕴说的话。

“另外一家？”

“是啊！只有会员才能去，这样就不会被无聊男子打扰了。”肌肉男刻意在我背后强调“无聊男子”。

我握紧了拳头，差点想回头对他施展格斗神拳，但随后就打消这个念头，回到自己座位上把牛排解决掉。

肌肉男动作很快，他搂着沈亚蕴，在我面前迈开大步，俨然是胜利者的姿态。她并没有拒绝，陶醉在爱的搂抱里，我只能装着正在吃吃喝喝。

“很多骗子都说自己会算命，你要小心一点啊！”肌肉男经过我时，又故意说得很大声，要让我听到。

“哦！谢谢！但是他不太像坏人吧！他很像我以前……”

我还没听到沈亚蕴后面说的，她人就给肌肉男拉走了。

我心里满是问号。刚才在沈亚蕴面前，她说我这个模样，让她想起过去碰到的流浪汉，也就是我，而肌肉男把她抢走时，她似乎也想这样说。只是我不晓得她现在对我怎么看，到底我有没有机会呢？

Chapter 12

事实上，我没有太多时间想这个。

沈亚蕴约会后第二天，我又得回到网戒班，先把这个搞定比较重要，现在的她，大概还是会把生活重心放在网络和游戏上，我根本无法以真面目和她互动，更不用说和那位“偷菜路西法”竞争了。

“各位辛苦了！”唐上校的问候显得温和不少，也把我从纷乱的思绪中拉回。

“和各位报告一个好消息，你们这一个多月表现得非常理想，非常网戒班，可以画上句号。”

唐上校这么一说，我们三人眼睛亮了起来。

网戒班真的上完了吗？我又高兴又觉得可惜。喜的是总算可以顺利拿到毕业证书，对家人有个交代；不过我也感叹命运，要是网戒班在沈亚蕴爱上别人前结束，或许和她约会的就是我了。

“只不过，你们还有一项任务要完成，只要能做到，网戒班就可以顺利结束，该毕业的，可以好好毕业；该留在C大的，也可以继续新学期。”唐上校又展现出他爱卖关子的性格。

任务？即使回到现实世界，仍然有接到手软的任务，但我相信，我们三位终极英雄，一定可以顺利搞定。

唐上校出的题目非常有趣。

从现在开始，一直到午夜12点以前，每个人要在路上找美女搭讪，各找到一位愿意一起去山上露营，参加完篝火晚会后，我们就可以顺利结业。而女生美不美，要唐上校看过认可后才算。

唐上校说，这道题目完全是在验收我们在网戒班的所学所得，证明自己变成了真正的型男，从此就可以轻松交往到美女，体验人生其他的美好，不再沉迷于虚幻的在线游戏，这就是网戒班的真谛。

不过，卓维宝和洪睿宪面有难色。

他们已经使出史莱克大师传授的搭讪技巧，可以做到和美女有说有笑地聊天。但是，要进一步问手机或MSN都碰到软钉子，怎么灌迷汤，还是无效。

而现在的任务，难度更高，要找平常认识的人去露营，已经不太容易了，更何况是路上充满戒心、容易拒人于千里外的美女呢？

唐上校也对我说，虽然沈亚蕴变漂亮了，但她不符标准，我同样要从路上找才行。我没话说，反正现在也不会和她联络，免得越想心揪得越紧。

“好了，你们在这里已经耗5分钟了，赶快去执行吧！祝各位成功。”唐上校挥手送客，我们三个人，脸上开始流汗。

不要说卓维宝和洪睿宪没办法达成了，就连我凭借着过去和李晴璇互动的经验，也没有把握能做到。我们只好用精灵话互相打气，相信只要能把过去在中土世界冲杀的拼劲儿拿出来，就算是遇见安妮·海瑟薇这种好莱坞巨星美女，也会乐意和我们共度浪漫的篝火晚会。

但几个小时后，事情进展得并不顺利，即使是我出马，同样也只能和路上美女闲聊几句，一谈到去山上露营，每个美女就附上招牌微笑，异口同声地说“谢谢再联络”。

虽然我们三人现在看起来像型男，但人家大概会认为我们是狼人族之三大男高音，到半夜就会露出狰狞的面容，当然要躲得越远越好。

“老……大，怎……么……办？”

已经晚上10点半了，我们坐在麦当劳里面，就像附近坐着的怪叔叔一样，望着落地窗外一个又一个路过的美女发痴，卓维宝焦急得咬薯条。

不过，我有了主意，我把眼镜摘下，交给卓维宝保管。

“我肚子痛，等我一下哟！”卓维宝和洪睿宪会心一笑，他们知道，我不是真的要去厕所。

我找到了不被监视和监听的时刻，立刻在洗手间里，打电话给那位漂亮的詹妮弗，她对我似乎有好感，这时倒可以请她帮忙。

电话拨通后，我和詹妮弗说明原委，她很有佛心，立刻答应，还说会另外找两位好姐妹，而她会改变打扮和声音，不让唐上校发觉她就是那晚被我英雄救美的詹妮弗。

晚上11点半，在唐上校的监视屏幕上，一定会看到我们三人感到非常疲累，想要去影城看场电影放松心情，而售票口附近有三位大学生美女，因为包包被抢，心情失落。

接下来的情节，当然就是我们见义勇为，请她们看电影解闷。一行聊得非常愉快，就在11点57分要进场之时，我聊到了附近有个篝火晚会，不知道她们有没有兴趣参加？

“真的吗？我好想去哟！”

说话的是詹妮弗，她这时自称妮可，声线也低沉多了。

“那我也要去。”

另一位美女罗贝卡的笑容很甜美。

“我最爱篝火了，好浪漫哟！”

第三位美女克莱尔，她的态度，毋庸置疑。

我瞄了一下手表，刚好变成 11 点 59 分，真是好险！这样应该算完成邀美女的任务了吧！

进场时，不少男生一直盯着这几位美女看，口水都快流出来，我想，唐上校也是个正常男人，他应该会点头才是。

毕业证书，请你再等一下，几天后我一定会把你领走的。

看完电影后，我们三位带着满意的笑容离开，不光是再度体会正义必胜的道理，更重要的是我们各挽着一位美女，幸福的感觉像是要参加集体婚礼。

我想，卓维宝和洪睿宪大概会觉得自己在做梦，以往出生入死，但身边总是少了红粉知己，如今我只靠一个电话，就完成了他们交女友的心愿，这就是终极英雄的精神，只要努力就一定会有所收获。

不过，我心中并没有那么狂喜，我一直希望牵的是另一位女生的手。

手机铃声响起，我兴奋地接起来听，多么希望是她！

“喂！你应该是在家里吧！”我高兴地问候着。

“呃……算是吧！”

对方竟然是男人，我像是被泼了来自北极冰山的水，热情降到零度。

她和人家进展这么快吗？一下子就住到她的香闺里了！我低头轻叹，后悔不该把心爱的女生拱手让人。

“我是保安，就是站在你们房间门口那位。”

对方这么说，我松了口气，起码不愿见到的情况没有出现。

“你好。”

“唐上校说，你们今天认识的这三位没有问题，到时篝火晚会见。”

“这样啊，谢谢。”

如我所料，我们所做的一切，唐上校都看在眼里。只是道高一尺，魔高一丈，他绝对没料到，我们是用投机的方式找到美女。

很快到了篝火晚会那晚，山上气氛很好，大家尽情唱歌、烤肉、说鬼故事、玩国王游戏，就连唐上校和一些保安，也是非常疯狂的模样，还跳起舞。不过，我的心里只想着一个人。

如果篝火堆旁有她在，那该有多棒！

不管是土气的样子，或是美女模样，我都不在乎，只要能牵她的手，再附赠小小的吻，我想在毕业前就没有遗憾。

“在这里我要向你们三位宣布，恭喜你们通过非常网戒班的考验了。”唐上校在篝火前，以洪亮的声音说。

“哇！”卓维宝高兴得跳起来。

“哦哦！”洪睿宪也很兴奋。

“哦！”我没什么反应，但没人发现。

随即每个人都跳起舞，像是一场小型的嘉年华会。

可爱的毕业证书，我没说错吧！我会把你领走的。

不过，在篝火晚会后，发生了一段插曲。

午夜，大家都在自己搭的帐篷里睡觉，而我没睡着，走出来，站在空旷的原野上透气，而监视眼镜，就让它待在里面补眠。没想到，詹妮弗竟然悄悄在我身旁出现，她向我告白。之后，也透露了一个惊人的秘密——

原来，詹妮弗、罗贝卡、克莱尔都不是真正的女生，“她”们原本是“他”们，但经过漫长的自我追寻之旅后，发现当女生才是真正想要的，所以这三位努力打工存钱，到泰国动变性手术。

这三位，除了想当女人，还希望在事业上闯出名堂，虽然现在只不过是购物台助理，但“她”们相信，有朝一日必定能飞上枝头做凤凰，成为呼风唤雨的各大节目主持天后。

詹妮弗“她”们三位的梦想很伟大，我听了十分感动，只可惜，在“她”还没爆料前，我已经对她的告白拒绝了。我现在心中，只住着一位女生，尽管我和她可能无缘，但我仍然戒不了她。

第二天早上，我用精灵话告诉卓维宝、洪睿宪关于詹妮弗“她”们三位的秘密，他们听了不敢相信，觉得很可惜，浪漫的夜晚竟然上演的是同志之爱。

不过，我安慰他们，至少网戒班已经过关了，往后还是一条好汉，不怕没机会认识地道的美女。

可不是吗?

过了几天，我们三位齐聚一堂，但地点不是商业大楼会议室，而是C大的教务处。现场还挺热闹的，除了唐上校、保安，还有校长和教务长，保安将我们三位的监视眼镜收走，而校长亲自发给我毕业证书，让我感动得热泪盈眶。

“恭喜你，罗同学，从今以后，你就是C大毕业的校友了。”老迈的校长握着我的手，我感受到他厚实的手劲，而我的眼泪也滴到校长手上。

“谢谢校长。”我感动地说。手上这张薄薄的纸，让我如释重负，总算结束大学生涯了。

另外，教务长也让卓维宝、洪睿宪恢复学籍，他们可以继续当C大学生，真是皆大欢喜的结局。

“对了！有件事我要告诉你们，就是关于非常网戒班的，但是希望你们听了之后，能保守这个秘密。”

唐上校话锋一转，神秘的表情再度出现。

“是什么？”我问。

“我没有儿子，只有女儿，上次你们在殡仪馆看到的其实是假人。我这样做，只是为了要吓你们，如果昏天暗地一直玩下去，就会有这种下场。”

唐上校这招还真是高明，就连一旁的校长、教务长也都笑着点头，难怪我觉得唐上校那时好像没有很痛苦，因为他也在演戏。

卓维宝和洪睿宪愣了一下，洪睿宪或许会觉得很丢脸，因为那次在殡仪馆他哭得最大声。

但不管那时躺的是假死人或真死人，反正都已经过去了，我都不在乎，最重要的是这张毕业证书，至少它证明了我又成功解决掉一个任务，人生的经验值也上升了不少。

在毕业之后，老爸老妈知道我接到征兵单，欣慰地流下眼泪，这个不争气的儿子，总算可以去军队里好好磨炼一番了。

火车月台上，亲朋好友都来送我入伍，卓维宝、洪睿宪竟然流泪了，我还得安慰他们，这不过是小菜一碟，我根本不担心会碰到魔鬼班长或多事的老兵，反正兵来将挡、水来土掩，我好歹也是见过大场面的“终极英雄”哦！

总算，他们两位擦掉了英雄泪，祝我一路顺风。不过，在车站广播要大家上火车时，一位女生急急忙忙地跑过来，差点要摔倒，她越来越接近我的视线，我一见到她，全身顿时充满电力。

嗨！你终于出现了。

沈亚蕴很听萝卜大师的话，现在的打扮仍然是一个地道的美女：脸上没有眼镜，只有淡淡的粉色眼影，衬托出她明亮而天真的眼睛。

她全身是香槟色的无袖V领短洋装，再配上咖啡色长靴，充满了时尚味儿。离上火车还有几分钟的时间，我一定要把所有的注意力，都放在她身上。

嗒嗒的声音，从沈亚蕴的长靴传来，这应该不是美丽的错误，而是她跑得太急才造成的音效。她在我面前停下，不时摸着胸口喘气，脸上有几颗汗滴渗出，我立刻拿出面巾纸帮她擦汗。

“没想到你会来耶！我打过你手机，结果你没接，我就只好留言，本来猜你可能没看到的……”我喜出望外，觉得现在是个奇迹。

“对不起，我手机没电了，后来才充电，今天又睡晚了，打扮又花了一些时间，因为你今天要去当兵，我不想让你看到我以前那个样子。还好总算赶上了。”沈亚蕴满怀歉意。

“没关系，就算你顶着猪哥亮头，穿以前那种土气的服装，我还是很高兴的。”现在我说的是实话。

从刚才起，沈亚蕴一直都很专注地看着我，我想她应该慢慢地摆脱掉了过去那个害羞、不自信的小女生形象。她现在敢穿比较露的衣服，就代表着她不想再被以往束缚，想当一个全新的沈亚蕴。

这时，我有摸她脸的冲动，但没有这样做，只是轻轻拂了下她紫色的耳环。

“真的吗？”

“是啊！看到你现在这么美，我更高兴。你待会儿要去约会吧！是那个‘偷’……”说到这里，我差点说漏嘴，“嗯……那个在线玩家，对不对？”

要是我真的说出“偷菜路西法”和“棉花飞羽”两个代号，沈亚蕴就会知道我是那个假冒的算命先生了。

“约会？没有啊！”沈亚蕴急忙摇头。

“没有吗？我想，你那天应该进行得很顺利吧！”

“还好啦！本来是在那家‘路西法梦游魔境’，后来他带我去另外一家。但是很巧的，我们到那边没多久，他就被警察抓走了。

“警察说，他是一位网络惯犯，而且还有前科，他正好要在另一个地方进行不法交易。真是好险，真的和他交往就惨了。”沈亚蕴心有余悸地说。

我脑筋转得飞快，立刻发觉这是个天大的好消息，原来这个“偷菜路西法”邪恶的原形已经被警察叔叔看穿，现在只能吃牢饭。而我现在已经从网戒班结业，可以完全向她坦白真相，甚至是告白！

老天爷对我还算不错，留了一扇美丽的门让我开启，我可以朝着幸福的方向奔去。

不过，广播声一直在催促，我可能只剩1分钟就要上火车了，我得好好把握。突然，我脑中涌现一个奇妙的想法。

就是现在了！

“Mane！ Ainatar laita！”我凑近沈亚蕴耳边说，希望她听得懂这句话的意思，就是“那很好啊！有神保佑！”

沈亚蕴听到吓了一跳，非常吃惊地看着我：“这……这是《终极英雄传》里的精灵语吧！我知道很多村里的长老会说这句，为什么你会说？”

这时我不发一语，只是用神秘的笑容回答。我的方法奏效了，只要这么说，也许有机会进入沈亚蕴的心里。

“Ve huo？”沈亚蕴也说了精灵语，她问我喜不喜欢狗。

“Ve！ Ta lau nak！”我同样在沈亚蕴耳边悄声说，它代表“只要不咬人，我都喜欢！”

“你真的会说精灵语！而且是《终极英雄传》里的精灵语，我玩了很久才学起来，你竟然说得这么流利！”沈亚蕴用手捂着张大的嘴巴。

我听到广播声，而列车长一直在月台赶人进入车厢，我大概还有二十秒。我急忙在身上找纸笔，但是没有纸，只有一只自来水管的毛笔。情急之下，我抓住了沈亚蕴的手，把毛笔盖子打开，在她掌心写下一些东西。

“Ya sina？”沈亚蕴的话，代表“这是什么？”。

“Muina！”终于，我飞快地亲了一下沈亚蕴的脸颊，在她耳边说着，代表“秘密！”

月台响起发车的铃声，持续了十几秒，掐紧每个人的神经。火车车厢已缓缓移动，我背着行李一个箭步，跳到车厢门边的阶梯上，我左手握紧门边把手，右手对亲朋好友挥动，而眼神一直落在慢慢远离我视线的沈亚蕴身上。

“Maure valina！”我叫得非常大声，希望沈亚蕴明白我的意思，就是“一定要快乐哟！”

前来送行的脸孔，已逐渐糊成一团，只有一个人的脸庞，依然清晰可见，她哭了，晶莹眼泪滑过她的粉色眼影，沿着脸颊不停地掉落，如雨一般，而她的眼泪似乎也流到我的心底。

离别总是伤感的，我不愿再见到沈亚蕴流泪，但是老天爷又悄悄替我开了另一扇窗，或许我的命运，将会多一些甜蜜的元素，希望她知道在她掌心那些字所代表的意义。

Chapter 13

部队并没有想象中累人，感谢之前在网戒班的训练，唐上校替我打下了体能的基础，就算现在每天一听到起床号就要跑个几千米，我也轻松自在。

对我来说，拿到毕业证书，今年最重要的目标就算达成。在部队的生活，可以当成去深山修行，我也能借这个机会温习格斗神拳。唐上校的秘籍，隐藏着许多奥妙，每次按照上面的图示练习，都能带来全新的体验，这是当兵后所发现的额外收获。

部队里除了练拳，看朋友寄来的信也是一种乐趣。我最常收到卓维宝和洪睿宪的信，他们完全受到唐上校的精神感召，都用毛笔写，而我也一样写毛笔字回信，看来我们还是戒不掉网戒班的习惯。

至于我呢，也在沈亚蕴心里撒了一些种子，就看何时会萌芽了。

我的行程表好像有飞毛腿，跑得很快，一下就来到休假时间，我把握机会走出营区，尽情呼吸外面自由的空气。

首先是回老家探望，老爸老妈看我的朴实模样，感到非常宽慰，只是我在想，他们之前寄来的跌打损伤药，我完全用不到，可能要送给别人了。

接着是回去学校，探望卓维宝和洪睿宪，盟友的状况也是我关心的。

“老大，看到你真快乐啊！”我们一起聚在学校餐厅吃饭，说话的是卓维宝，我最惊讶的不是他穿得很有型，而是他口吃的毛病消失了。

“哇！太神奇了，你现在说话好流畅啊！”我兴奋地说。

“这都要感谢格斗神拳。我每天都练，练到某个晚上，突然感觉真气流满了全身，从我嘴巴里跑出来，从此之后，我说话就和正常人一样了。”卓维宝满脸愉悦的神情。

我再一次佩服唐上校，他的秘籍竟然让卓维宝体验到奇迹。

“真棒啊！那你们还有在当圣战士吗？记得我们最后一次上线，就是在科泥挤娃湖，决战侏罗纪大头蜥蜴，打得没完没了，只可惜战役还没结束，我们就去网戒班报到了。”我想起之前玩游戏的美好时光。

“现在几乎没碰了。”卓维宝摇头。

“真的吗？”我有点惊讶。

“对啊！学期一开始，我和他都决定要重新做人，不再当沉迷在线游戏的死阿宅。而且，我们一堆宝物、武器都拿去卖了，才能付之前在网戒班的费用。”洪睿宪让我感觉到他们力求改变的决心。

“说得好，不瞒各位，我在当兵前也偷偷跑到网吧去，但不是去那片中土世界里杀怪拼等级，而是和你们一样是上网拍卖兵器，那把卡拉脆皮剑应该已经属于别的玩家了。不过这样也好，那些信用卡和现金卡账单总算搞定，我可不想让讨债集团追到部队里。”我透露了秘密。

“我们知道，就是看到你这样做，我们才去卖武器的。”洪睿宪继续笑着，没有痛心的感觉。

“果然有默契啊！”我说。

“我在想，这会不会是唐上校的安排呢？”卓维宝的话，引起我和洪睿宪的好奇心。

“你意思是？”我问。

“唐上校之所以让我们自费，而且是花很多钱，除了体验‘羊毛出在羊身上’的道理，另一个用意，就是要逼我们把多年在游戏上经营的成果全都拿去卖掉，这样等级再高都没有用，我们就会觉得再耗下去，不如直接去打工赚钱比较实际。”

这是我第一次听到卓维宝说话这么顺畅、有条理。

“有道理，看来唐上校真是高人，就算我们已经结业了，他还是有办法消除我们对在线游戏的瘾头，我每天都应该对他三鞠躬，才能表示我对他滔滔不绝的尊敬啊！”我说完，大家一起大笑。

“唐上校真的很高明，而且，告诉你，史莱克大师的搭讪技巧也是很管用的，开学后，我们都认识了漂亮的学妹，目前都在交往中。”洪睿宪满面春风。

难怪我觉得这次看到卓维宝和洪睿宪，感觉他们已经不太一样了，原来是幸福来敲门，相信这次爱神的箭，一定会稳稳地射向他们。

“恭喜！恭喜！”我向他们握手道贺。

看到盟友的人生步向正轨，我非常开心。而休假期间，还有一位我想见到的人，就是沈亚蕴。不过，我并没有打电话给她，离开营区前，我还是用毛笔写信，挂号寄给她，我想她应该会收到。虽然我没有办法飞鸽传书或自行车传书，但至少意思到了。

晚上7点，我在7-11门口等待，就是我和沈亚蕴第一次碰面的那家。等了10分钟，她真的出现了，穿了浅蓝条纹的绑带袖口衬衫，再配上紫色条纹的五分裤，完全是青春美少女的模样。

“Hello！好久不见。”我走过去，迎向沈亚蕴。

“你头发变好短哟！当兵都要理这么短吗？”沈亚蕴很天真地问，但我不以为意。

“现在不错啦！刚进去是大光头哩！”我充满笑容说着。

“是哦。”沈亚蕴大概以为服兵役可以像棒棒堂男孩，留帅气的发型。

“当然。”

“哦。”沈亚蕴嘟起可爱的嘴巴。

“所以，我想你应该收到信了。”

“有啊。只是我觉得很奇怪，军队是不是很缺钱啊！竟然连圆珠笔都没有。”

“呵呵！被你发现机密了，你可不能告诉别人，泄露军情的话，你可是要被抓去关起来的。到时候，就变成我带着小丸去看你喽！”我忍不住想逗逗沈亚蕴。

“我才不会说呢！我可不要坐牢！”沈亚蕴连忙摇头，惶恐的样子让我想笑。

然后，我带沈亚蕴去C大附近的餐厅吃晚饭。我注意到有不少男生，都对她投射爱慕的眼光，但很可惜，他们大概都没机会了。

餐点很快送上来，我和沈亚蕴边吃边聊，而她谈的其中一件事情，特别吸引我的注意。

“告诉你，我发现了一个秘密。”

“呵呵！是什么呢？”我痞痞地说。

“我终于知道谁是‘打宝打到high’了，就是那个《终极英雄传》里非常厉害的玩家。”沈亚蕴看着我，脸上很得意。

“是谁啊？”我故意装蒜。

“这是他两位盟友爆料的，一个叫‘转角遇到怪’，另一个叫‘破关我要来’，他们三个人，因为在学校宿舍玩得太久，结果被退学，学校要他们参加非常网戒班。

“在参加以后，因为戴的是监视眼镜，所以根本没办法上网，就连说话，也不能讲真心话，都要尽量让那位胖胖的上校满意。”

沈亚蕴这么说，让我觉得她聪明一点了，知道我上次在她掌心留的，就是我的账号和密码。

总算，我可以用真实面目去和沈亚蕴相处了。在月台和她说拜拜后，卓维宝和洪睿宪大概就告诉她关于网戒班的一切。她现在应该可以谅解我为什么会一直和她说反话，甚至还和她吵架。

“我只是觉得很抱歉，不知道他处在这种状况，所以老是用我的偏见去看他，也对他说了一些不好听的话，我真的很想说‘对不起’，希望他可以原谅我的幼稚。”沈亚蕴低着头。

“你不用道歉的，该道歉的是我。”我伸出手，缓缓扶起沈亚蕴的下巴。

“你愿意教我几招，让我提高级数吗？‘打宝打到 high’。”

听到沈亚蕴温柔地念出我的游戏代号，我在心中开始感谢唐上校，多谢他奇怪的课程，让我有幸找到她。

“当然，我可是等级 90，随身带着卡拉脆皮剑，好心又慈悲为怀的终极英雄啊！”总算我能光明正大地公布自己身份，无需再隐藏，虽然最爱的武器已经卖掉，但这不重要，能够和她交往，才是无价的快乐。

“大侠在上，请受小女子一拜。”沈亚蕴恭敬地说。

“哈哈！免礼，免礼。”

休假尚未结束，恋爱仍须努力。

吃完晚饭，我带着沈亚蕴兜风，在路上奔驰了许久，最后车子停在天文科学馆附近，视线所及的绿地，静静躺着一颗巨大的黄金高尔夫球。其实，这是天文科学馆的宇宙剧场，可以360度欣赏IMAX3D影片，在夜色衬托下，更显现出它散发的神秘氛围。

沈亚蕴跟着我走到了天文科学馆门口，里面虽然没人，但光线明亮，变成一座发光的空城。沈亚蕴带着疑惑的表情在门口张望。

“我以前高中来过这里，它晚上不是关门的吗？”

“哈！你说对了，但是不包括今天晚上。”我笑着。

“你好像有很多秘密哦！我都猜不完。”沈亚蕴的回应很有趣，她逐渐掌握到我的行为模式，就是要装神秘。

“我保证，你会猜到我下一个秘密。”

“哦。”沈亚蕴没有再多说。

接着一位服务人员从门内出现，开门让我们进来，沈亚蕴惊奇地看着他，他则是保持专业的笑容。

“欢迎光临！”

“你好！”我客气地对服务人员说，沈亚蕴则是向他挥了一下小手，接着我们一起走到宇宙剧场里，让她挑位置坐。整个空间只剩下我和她，以几乎平躺的姿势，仰头看着上方的360度全屏幕，也享受难得的宁静。

没多久，屏幕放起了影片，但并不是和星象、宇宙相关的主题，而是《魔戒三部曲之王者归来》。在磅礴的音乐和宏伟的剧情下，我再一次被主人翁佛罗多誓死要摧毁魔戒的決心感动，不过沈亚蕴脸上的疑问还没消除，在一旁偷偷拉我的衣袖。

“为什么是看《魔戒》啊？”

“等一下就知道喽！”我小声说着。

当剧情进展到另一位主角亚拉冈时，画面和原版的《魔戒Ⅲ》有点不同，他的脸怎么看都是我的，我几乎是看自己变身成亚拉冈，和敌人奋战。我偷偷注意沈亚蕴，她皱起眉头，大概是以为跑错地方。

“好奇怪哟！亚拉冈好像你哟！怎么和我以前看的不一样呢？”沈亚蕴虽然没戴眼镜，但观察能力还不错。

我没说话，等待接下来的情节，当亚拉冈遇见亚玟公主时，她的脸也变成是沈亚蕴的，两人相遇以精灵语谈心，句句都让我悸动，无限的情感，都在胸口翻腾。

我的肩膀逐渐靠近沈亚蕴肩膀，直到没有距离，而我手指轻抚她的发梢，在她脸颊划过，慢慢停在她的手上。

“这是我的小小表示，之前在网戒班时，留下很多关于你的影像，我特别拜托那位上校，选出最动人的，然后再加上我的，就变成你现在看到的。”

沈亚蕴没说话，但我可以感受到她娇柔的身子微微颤动。

“过去，我错过了许多。但是现在遇见你，我不想再错失。我想当你专属的‘打宝打到high’，只指导你一个人，保证你打遍中土世界所有怪物，不知道有没有这种荣幸呢？”

我缓缓说着，慢慢握住沈亚蕴的手，她没有拒绝，反而手指也勾住我的手，我立刻感应到这种细微的变化，知道她对我的态度已经有所不同。

沈亚蕴的眼泪从眼眶里流出，我站了起来，靠近她，另一只手慢慢替她脸上擦干。

“Amin mela dos！”我又说了精灵语，我想沈亚蕴知道这句的意思，就是“我爱你”。

沈亚蕴也站起来，投向我的怀抱，让我紧拥，此时我已听不见电影的声效和对话，只听到她努力踮着脚，在我耳边说出三个字。

“Amin mela dos！”沈亚蕴说的这三个字，在我心中，不断地回荡。

感谢唐上校，他收到我之前写的毛笔信，乐于帮忙，把场地和影片都搞定，而这次不用我出钱，省下一笔债务。唐上校后来告诉我，他很高兴我找到女朋友，而且是借着网戒班的资源来达到目标，他十分欣慰。

他相信，我可以完全走出网络游戏的迷惑，享受真实人生。

可不是吗？当我回到部队后，虽然有机会使用网络，也可以打电话，不过，我还是以最传统的方式，继续写毛笔信给沈亚蕴，而她也回信给我。

她的字迹清秀典雅，用的是带着淡香的玫瑰图案信纸，每次读着她的信，都让我心中充盈甜蜜的暖意。这种情感的传递，的确不是冰冷的 E-mail 或虚拟聊天室可以取代的。

终于，又让我等到了第二次休假，除了热情拥抱沈亚蕴外，我还希望她有些新尝试。

“这个送你。”在沈亚蕴家楼下，我递给她一个大纸盒。

“这是什么？”沈亚蕴把盒子打开，拿出一顶全新的米老鼠安全帽，“哇！好可爱哟！”

“对啊！很适合你戴哟！”

“给我戴？”

“嗯！我记得你之前坐摩托车摔了下来，所以，我想你可以再试试看。坐摩托车的感觉和坐小汽车、坐公交车的感觉是不一样的。”

"哦。"沈亚蕴有些迟疑。

"史莱克大师不是说要面对自己吗？你戴上这顶帽子，一定是美到极致的。"我握着沈亚蕴的小手，连哄带骗。

"那好吧。但是，我可不可以戴你这顶？好像也是新的吧？"沈亚蕴指着我。

没想到，沈亚蕴看上了我刚买的酷斯拉安全帽，我买这顶纯粹是要加强自己凶猛的气势，但既然她喜欢送，她也没关系。

终于如我所愿，沈亚蕴坐在摩托车的后座，头上长了一只需要减肥的酷斯拉，而我变成戴着深咖啡色护目镜的米老鼠，她抱紧了我。希望她永远不会放手。

"我们要出发喽！"我回头，摸了一下沈亚蕴的脸，她点点头。

不过，当我发动引擎时，沈亚蕴却拍着我的肩膀，我再度转身。

"你脸上的东西，好面熟哟！我是不是在那里见过啊！"

我就是在等沈亚蕴问这个问题，我想她应该找得到答案。

"有吗？"我无知地问，不过，沈亚蕴陷入了沉思没有回应。

"我也很喜欢偷菜，但是我不叫路西法。"我压低了声音，给沈亚蕴提示。

"原来你就是上次那个算命先生啊！你好坏！"沈亚蕴总算想起了，她故意捶了几下我的肩膀，但是我完全不会痛。

"我是担心你的安全啊！后来看到那个家伙，我想有他保护你就好了，所以我就闪边了。”

“不过，我当时看到时，第一个想到的人是你，只是不确定……”沈亚蕴紧靠在我背上。

“我好荣幸哟！”我说的是真的，没想到她当时真的会联想到我，还好我现在牢牢把她握住了，不让遗憾再出现。

“只要你保护我就好了。”沈亚蕴在我耳边说着，我感到一阵甜美的晕眩。

一路上，我载着沈亚蕴往南飙去，她一直紧抱着我，不曾放手，也没有摔下去，我感受到从她身上传来的无限柔情。

我和她，沿路享用各地美食，在美景前留下嬉闹的影像。到了K市，她也入乡随俗，在35摄氏度的艳阳天里，换上了比基尼加短裤，忘情地和我向前奔驰，尽情挥洒青春。

“阿蕴总算开窍了，看看她，可是一点都不输给那些槟榔西施呢！”我们出现在沈亚蕴她外婆的椰子水摊位前，她外婆非常满意她现在性感辣妹的造型。

“这当然啦！”我附和说着。

但沈亚蕴脸上红红的，低着头不好意思回应，我轻柔地扶起她的下巴，她点点头，知道我想表达的意思。

“希望外婆不会觉得我这样穿很夸张。”沈亚蕴抬头挺胸，对她外婆恭敬地说着。

“不会啦！我很开明的，天气这么热，又是在男朋友面前，穿少一点没关系的啊。难道要包成肉粽吗？”沈亚蕴的外婆开朗地笑着。

不过我想，沈亚蕴的外婆支持她变成比基尼辣妹，大概还有一个原因。停下车买椰子水的人突然变多了，人人目光都绕着沈亚蕴打转，但她逐渐习惯，帮忙招呼生意，让她外婆数钞票数到手酸。

“早知道，就让你直接追阿蕴了，这样就不用绕一大圈。我真是糊涂！”

“您千万不要这么说，爱情本来就是无法捉摸的，如果不是因缘际会，我也不可能认识您可爱又美丽的外孙女。而人生就是这样，需要不断地磨炼，才会产生宝贵的经验。”我礼貌地说，顺便再把唐上校的名言加上去。

“年轻人真是会说话，又是知名大学毕业的，而且成熟稳重，还有幽默感。阿蕴，你年纪还小，要和你男朋友多学学啊。”沈亚蕴外婆握紧我的手，慎重得感觉好像今天就要把外孙女嫁出去。

听到沈亚蕴她外婆的话，我感到很有趣，因为我不曾对她外婆提起，我读什么大学。我看了一下沈亚蕴，她对我笑着，我想这应该是她说的吧。

“外婆，我会的，而且我还拜他为师呢！就怕他不肯教我！”沈亚蕴对她外婆撒娇，像一只温驯的小猫咪。

“那太好了，我的阿蕴，就拜托你好好调教了。”沈亚蕴的外婆再一次握紧我的手，脸上有泪光。

这时沈亚蕴没有哭，脸上带是阳光的笑容，一种充满活力的调皮笑容。我相信，再一次被托付的任务，我一定会用真心完成。

Chapter 14

拜访过沈亚蕴的外婆后，我和她奔往海边，接受阳光的洗礼。

她加入了沙滩排球的阵营，我们分属两队——男子队和女子队。虽然男子队个个人高马大，拥有高超的技巧，但碰到对面的比基尼美女，所有功力都被她们曼妙的身材吸走，包括我在内。

我一直盯着沈亚蕴看，但她没有害羞，反倒对我露出难得的杀气。

战况呈现一边倒的情势，只要是女子队的进攻，男子队好像很有默契似的，不是漏球，就是杀球杀到对面界外。其中也有男生得分，但只是点缀性的，大多数还是好礼大放送，让女子队占优势。

最后一局，只要男子队再输一球，比赛就结束，代表男生要出钱，负责晚上烤肉给女生吃。

但显然，没有人想要赢球，像我完全属于东方求败的类型，在沙滩的表现，像是练了山寨版的《葵花宝典》，所有的发球和回击，全都变成软绵绵的棉花球。我的一次次失误，换到了女子队一阵阵欢呼，而我最注意的，还是沈亚蕴和别的女生击掌的神情。

浑身沙泥的排球，以阴柔的弧线向我飞来，这球是沈亚蕴杀过来的，我心中早已拟好对策。

我咬牙切齿，用最帅气的姿势，往球的落点扑去。

只可惜功亏一篑，当我下巴碰到沙滩时，排球就在我面前落下，男子区阵阵哀号，女子区则是欢声雷动，所有女生都和沈亚蕴拥抱，而她，对我狡黠地眨眼睛。

又是一次篝火晚会，但在我身边的，不再是变性人詹妮弗，而是百分百的女孩沈亚蕴。虽然我把钱包掏空，而且无法升级，也拿不到宝物，但换到她开心的笑容，我想这还是很划算的。

虽然男子队输了，但大家都心甘情愿，有钱出钱，有力出力。晚上的烤肉区，餐料十分丰盛，挡不住的炭烤香味，已经吸引住了所有人的味觉神经。

“来，嘴巴张开！”我夹了一块烤好的牛小排，送到沈亚蕴面前，她开口就吃。

“好有味道哦！真是可口呀！”沈亚蕴对我眨眼嘟嘴，非常可爱。

牛排似乎抓住了沈亚蕴的胃和心，她吃得津津有味，自己再夹另一块配面包吃。

“当然很可口喽！我可是有独家配方的。”我笑着。

“你好厉害哦！什么都会。”沈亚蕴敬佩地说。

“这样才能配得上你啊！”我这么一说，沈亚蕴开始脸红。

“你知道吗？和你在一起后，我已经不再吃泡面了。”沈亚蕴很主动，夹了一块喂我吃。

“那很好啊！这世界有很多好吃的，只要你走出泡面的圈子，一堆美食都在等你呢！”我说完，沈亚蕴点头，我想她清楚我话里的含义。

“你知道吗？我想再告诉你一件事情。”沈亚蕴放下牛排，柔情地看着我。

而我，握着了沈亚蕴的手，轻抚她的发梢。

“就是……我们第一次在7-11碰面，结果我摔了两次……”

“嗯！我印象很深刻呢！”我点头。

“第二次，我摔到了你身上，刚好亲到你。其实，那是我第一次亲到男生。”沈亚蕴小声说着。

我明白沈亚蕴的意思了，她是说她的初吻献给了我。我何德何能，可以得到她的爱情，这是老天爷给我的最好礼物。

“我一定会好好爱你的，绝对不会辜负你。”我真诚地说。

“你一定要说到做到哟！要不然，我一定要叫小丸代替月亮惩罚你！”沈亚蕴拿着长竹签，笑嘻嘻地看着我，而我慢慢摸着她的手，接过了竹签，拿来叉别的烤肉喂她吃。

“不要再喂我啦！我又不是猪公。”沈亚蕴面对烤肉串，撒娇地摆手，最后变成我养自己当猪公。

“哦！爽快！”我也对沈亚蕴眨眼嘟嘴，真是个美好甜蜜的夜晚。

烤完肉，大家休息一阵子，再开始娱乐节目。现场除了唱歌，每个人还跳起舞，虽然沈亚蕴舞步笨拙，不过她很认真地跟我学，看在她努力的份儿上，我不会计较她老是踩到我的脚。

“你今天真的很厉害哟！我都看不出来你这么有运动细胞。”这时篝火晚会放起了慢歌，我搂着沈亚蕴，轻快地带她移动舞步。

“哪有啊？那是你们男生一直放水吧！”沈亚蕴笑着。

“有吗？”

“我问你，你对女生都这么好吗？”

“有吗？”

“你不要回避好不好！”

沈亚蕴微怒的样子还挺迷人的，尽管我知道她现在不是真的生气。

“有吗？”这样逗沈亚蕴真的太有趣了。

“你好讨厌哟！”沈亚蕴娇嗔地说，伸出小手，捶了几下我的胸口，我只感到一阵甜蜜的敲击。

“对了，你左胸上的红疹消下去了吗？”我一说完，连忙遮住嘴巴，我发现可能说漏嘴了。

“你怎么知道我有红疹？”沈亚蕴惊讶地问。

“嗬！我是算命先生，当然算得出来喽！”我赶快胡扯，希望能骗过去。

“等一下……你好坏哟！那天晚上其实你有看到，对不对？我有红疹，就只有那天而已，第二天下午就没了。”沈亚蕴还挺聪明的，知道我在说什么。

“什么晚上啊？”我继续装蒜。

“就那个晚上我洗澡被你撞见啊！你还说你有近视，所以什么都看不清楚。你根本没近视对不对？除了你参加网戒班的那段日子，你都没有戴眼镜啊！”

沈亚蕴完全猜对了，我真的没有近视。不过，我没有回答她，只是奸笑着。

“你好可恶哦！我要叫警察把你抓走。”沈亚蕴的话很生气，不过脸上却笑着。

“你忘了吗？你早就这样做过一次了！况且，要是我真的被抓走了，就没有人传授你如何在《终极英雄传》升级了。而且，真正的凶手是小丸，它是个披着狗皮的小色狼，你的浴巾，可不是被我咬掉的。”我伸手轻抚沈亚蕴的脸颊。

“好吧！我原谅你了，谁叫我这种菜鸟很需要人家指导呢？”沈亚蕴很想再说，不过我手指堵住她的嘴唇，微笑望着她。

沈亚蕴点点头，明白我的意思，我和她继续随着音乐跳慢舞。她倚在我身上，我轻抚她的背部，闻着她的发香，心想这应该就是爱情的滋味，有如微风中的桂花香，在青春年华里纷飞，一丝一丝飘进我们的感官，就连呼吸，都有淡雅的甜味。

当我遇见了沈亚蕴，终于体会到这种不用言语的默契，要是时间静止，相信现在就是最美丽的。

“非礼啊！有人非礼啊！”

突然间，我似乎听见有人求救的声音。不过，周围的男女，沉浸在悠扬的乐声里，并没有察觉异样。

“怎么了？”沈亚蕴看我。

“刚刚有人喊非礼，你有没有听到？”

“没有啊！”沈亚蕴摇头。

“非礼啊！有人非礼啊！”

再一次，呼喊声传进我耳朵里。

自从练了格斗神拳后，我的观察力变得敏锐许多，方圆百里若有任何风吹草动，我一定可以发觉。我确定，有人碰到了麻烦，就和上次救变性人詹妮弗一样。

“走吧！”我拉着沈亚蕴，走出了篝火区。

“要去哪里？”沈亚蕴停下脚步。

“反正就看看吧！了不起就再回来跳舞喽！”

“好吧！”沈亚蕴点头，紧靠着我走。

果不其然，我和沈亚蕴走了快1000米，发现某处阴暗的角落，一群流氓正围着一个斯文白净的花美男。

真是欠扁啊！我生平最痛恨有人调戏良家妇女，或者是良家宅男，我的正义感再度流遍全身，势必要惩奸除恶，把所有人形垃圾都扫尽。我再度拉起沈亚蕴的小手，快速跑到尖叫声出现的地方。

花美男全身发抖，脸色已经惨白，我不晓得为什么这些流氓会看中这个男人。但是，只要有我在，就不容许这种事发生。

“你要干什么？”当我大摇大摆踏入流氓堆时，沈亚蕴抓紧我的手，偷偷地问。

“等着看喽！”

我目光如炬，直盯着这群把凶狠写在脸上的流氓，他们虽然手上没拿武器，但个个身形巨大、肌肉厚实，人人摩拳擦掌，准备教训我这个突然跑出来的路人。圈子里，不只花美男吓得失神，沈亚蕴也面有忧色，只有我不担心。

只有我知道，我的格斗神拳早就练到炉火纯青的境界，部队里的自由搏击大赛，我才刚拿下冠军呢！现在要替眼前这些家伙惋惜，希望他们有带器官捐赠卡。

“你哪位？我们老大喜欢他，识相的就快……”一个壮男用中指比着我，可惜他还没比完，已经被我打趴在地上。

这时有五个人蜂拥而上，但结果还是一样，倒在地上哀声叫。

“你知道吗？这叫作格斗神拳，是唐上校的绝门武功。”当我把人家 KO（击倒）时，我潇洒地对沈亚蕴说。

“格斗神拳？好厉害哟！我可以学吗？”沈亚蕴崇拜地问。

“当然没问题，呵呵！”这句说完，我已经变成武术宗师，一次打十个，又有十个断手断脚。

在美人面前，激发了我旺盛的斗志，大声说：“打宝打到 high”的外号，岂是浪得虚名？

这几个月来，有如地狱天堂般的遭遇。曾面临到退学危机、无法顺利当大学毕业生；被我冷落的女朋友不但远离，也成为别人的新娘；就连喜欢的女生，都因为某种不能说的限制，让我差点失去她。

但无论再怎么辛苦、难堪，终究是走过来了，如同眼前倒下的家伙，他们是凶狠的怪物，也是我青春岁月里必须要面对的障碍。而我怀抱信心和热情，顺利挑战成功，替自己赢得那瓶可以促进生活美好的魔法药水。

在尽情施展格斗神拳的过程中，我体会到人生就像在线游戏一样，到处都有艰困的任务和挑战，但是我绝不畏惧，勇往直前，不管是毕业证书、追求美女、走出网瘾、拔刀相助，我一定拼到底。

对我来说，虚拟的中土世界，和实际的大千世界，我已经可以来去自如不受牵绊，什么都不用再戒了。

我，就是终极英雄。

全文完

后记

会写这个故事，和一位小朋友有关。

说实在话，我并不认识他，只是在电视新闻看到过他而已。

那篇报道的主题是现在的学生除了课业外最常做什么？答案很简单，几乎都在上网，尤其是在线游戏。大家打开电脑后，全都进入了烽烟缭绕的战场，在缤纷的声光效果下，杀得昏天暗地，忘了真实世界里正存在着一个小小的自我。

那位戴厚重眼镜的男孩就是其中之一，放学后，没有和其他同学玩，而是立刻跑回家打开电脑，继续打怪升级。记者问他："你每天都在玩游戏，难道不想做点别的事吗？像是找班上女生出来玩。"

男孩无奈地回答:“没有女生理我啊！还是玩游戏比较有趣。”

报道中，许多家长、老师忧心忡忡，但面对小孩沉迷网络的情况，却束手无策。看了新闻，我忽然想到，如果玩在线游戏变成一种瘾，就像嗑药、抽烟，一天不碰就觉得全身不对劲儿，或许该有人成立网络勒戒班的机构，让参加者改掉疯狂上线打怪玩网络游戏的习惯，相信会是个不错的商机。

这个概念，也变成了故事的背景。小说的男主角罗修南，正是因为太爱玩某个韩国团队研发的热门游戏《终极英雄传》，勉强在C大混到大四下学期，却面临到被退学的命运，在学校的要求下，他必须要去上非常网戒班，通过评估与考验，才能拿到毕业证书。

如果有人看到这样的介绍，必定会觉得这家伙是个标准的宅男。

不过对于男主角的设定，是把他塑造成表面上像宅男，而骨子里是个痞子的家伙。他虽然不修边幅、整天耗在游戏里，但有很好的社交能力，反应敏捷，女生非常容易喜欢上他，这也是他可以追到漂亮学姐的原因。可惜他对爱情所花的心力，远不如对游戏的疯狂，所以学姐也从他的身边离开。

也因为他碰到了女友分手和被退学的危机，他对自己的人生有了反省，他也很希望在网戒班里可以达到目标，除了能顺利毕业，也可以在下一段爱情不会再碰到被人抛弃的惨事。

故事的关键，来自于男主角参加网戒班后所认识的女生沈亚蕴。

他必须在她家洗小狗，以达成网戒班所指派的任务。很快，男主角发现女主角的特质：整天都在家玩在线游戏，所有事都靠网络解决，几乎足不出户，是百分之百的宅女。

这也是故事里非常重要的设定，虽然网戒班里有三位学员，男主角和两位盟友兼同校学弟，不过，沉迷在线游戏最严重的其实是女主角，她也是最该上网戒班的人。

男主角也发现，女主角不但同样爱玩《终极英雄传》，而且非常清楚他在里面的丰功伟业，只是不知道他就是那位大名鼎鼎的超级玩家。

当男主角开始对女主角有好感时，便陷入了麻烦，他在被网戒班监视的情况下，没有办法以真实面目和对方互动，俨然是个不碰网络、对在线游戏有成见的老古板。男主角试着在重重限制下努力和女主角交往，可惜适得其反，女主角对他越来越厌恶。

《一爱就上瘾》的书名，可以代表在线游戏让男主角上瘾，也能代表他对女主角的感觉，而这两样刚好处于对立状态，该如何兼得，对男主角而言是最大的挑战。

网戒班里的唐上校，也是一个有象征意义的角色，他代表的是父辈对下一代管教的严厉，但严厉的外表下却有一颗关怀的心。唐上校相信真实人生必须要在现实中亲身体验，而不是在网络世界里厮杀，他疯狂的作为，都是为了矫正三位学员的习性。

尽管男主角和两位学弟一开始不习惯，但后来都能在网戒班的课程中找到乐趣。而男主角能和女主角有圆满的结局，唐上校也发挥了极其重要的作用，对男主角而言，他不但是良师，也是益友。

故事里，也有一些对比性的设定，像一开始男主角在网络上打怪，而结局也是在“打怪”，他在现实生活里发挥学到的本事，轻松教训坏蛋；女主角的造型很丑，但男主角在一次意外里发现她丽质天生，女主角也经过一个宅女大改造的阶段，变得更加漂亮。

男主角和女主角，在个性上，一个幽默灵活，一个害羞迟钝；男主角和唐上校对网络和在线游戏的看法，正好就是新一代和上一代的缩影。

男主角一开始爱玩在线游戏，结果丢了爱情和学业；参加网戒班后，不但有了新的爱情，而且不再把《终极英雄传》当成人生的唯一，就连女主角和男主角在一起后，也很少再碰在线游戏，打扮和习惯都有很大的转变。

相信读者看了小说，也可以找到这些埋伏的线索。

希望大家看完小说时，都会带着满意的笑容。更重要的是，记得在在线打完怪后，也要在真实的世界里努力体验与探索，真正的人生等级，就可以不断上升哦。